가만히 혼자 웃고 싶은 오후

가만히 혼자 웃고 싶은 오후

장석주 산문집

달

가장 가까운 곳에서 나를 만나다

인생에는 시간에 의해 생긴 음영과 굴곡들이 드리워진다. 우리가
시간의 지배 아래에서 제 삶을 꾸리는 까닭이다. 탄생과 죽음도
시간 속에서 겪는 실존 사건이다. 그런데 이 시간은 균질하지 않
을뿐더러 그 속도와 길이와 느낌도 제각각이다. 어떤 시간은 꿀처
럼 달콤하고, 어떤 시간은 식초 원액보다 더 시며, 어떤 시간은 담
즙만큼 쓰다. 인생에서 겪은 시간들은 예속이고 은총이며 저주다.
아울러 크고 작은 시간 경험은 우리 인생의 중요한 축이다. 시간
은 나이를 쌓아 우리를 노년으로 데려간다. 따라서 모든 것을 앗
아가고 부서뜨리는 시간의 폭력이 빚는 덧없음이 내가 쓰는 문장
의 갈피마다 스며들었다.

> 나는 안다, 내 깃발은 찢기고
> 더 이상 나는 청춘이 아니다.
> 내 방황 속에
> 시작보다 끝이 더 많아지기 시작한다.

한 번 흘러간 물에
두 번 다시 손을 씻을 수 없다.
내 어찌 살아온 세월을 거슬러 올라
여길 다시 찾아올 수 있으랴.

— 쉽게 스러지는 가을 석양 탓이다.
— 잃어버린 지도 탓이다.

얼비치는 벗은 나무들의 그림자를 안고 흐르는
계곡의 물이여,
여긴 어딘가, 내 새로 발디디는 곳
암암히…… 황혼이 지는 곳.

— 서편 하늘에 풀씨처럼 흩어져 불타는 새들,
— 어둠에 멱살 잡혀가는 나.

졸시, 「새들은 황혼 속에 집을 짓는다」

1987년에 출간한 시집에 실린 시니, 꽤 오래전 시다. 서른을 갓 넘긴 나이인데, 나는 어쩌지고 "시작보다 끝이 더 많아지기 시작한다"라고 썼을까. 그 새파랗던 시절 '나이듦'의 깊은 피로를 선험하고 있었는지를 지금은 기억조차 할 수가 없다.

　지금 나는 진짜로 "시작보다 끝이 더 많아지"는 인생의 '오후'에 당도했다. 설렘과 희망으로 맥동하는 아침은 저멀리 사라지고 없지만 지금 당도한 이 '오후'가 그다지 싫지 않다. 이 '오후'의 여유 속에서 가만히 혼자 웃고 싶다. 안타까운 것은 오후의 시각이 빠르게 주는 점이다. 손에서 모래가 빠져나가듯 시간이 줄어든다. 나는 예전보다 고독에 대한 관용이 더 많아지고, 시작보다는 끝이 갖는 모호한 슬픔에 예민해진다. 어둠이 곧 닥칠 것을 알기에 새 기억보다는 지나간 기억들을 반추하고 회고하는 일이 잦다. 더러는 오후의 빛 속에 서서 슬픔과 무無 사이에서 서성이는 내 그림자를 보고 놀란다. 나는 청춘의 피를 뜨겁게 달아오르게 하던 갈망이나 집착에서 놓여나 평온한 오후를 맞고자 한다.

이 산문집에는 봄, 여름, 가을, 겨울을 지내면서 스쳐간 감회들, 빛과 어둠, 기쁨의 약동들, 허무와 불안이 스미고 섞여 만든 양감量感이 있다. 세계의 고통이나 희망, 혹은 아름다운 신생을 짓눌러 터뜨리는 죽음을 향한 경멸과 증오, 우리 본성의 악에 대해 쓸 수도 있었겠지만 나는 일부러 쓰지 않았다. 그 대신 일상의 조촐한 일들, 작은 보람과 기쁨들에 대해 썼다. 이를테면 결혼, 인생, 돈, 시간, 나이듦, 인생의 맛, 실패, 노스텔지어, 사라짐, 떠돎, 밤과 꿈, 시작과 끝, 해바라기, 작별 인사, 흡연, 일, 지복과 고독, 배움, 걷기, 숲, 단순한 삶, 도서관, 멸종, 어머니, 건널목 등등을 두고 혼자 궁구한 것들을 풀어서 썼다. 세상에서 겪을 수 있는 다채로운 경험과 소박한 생각을 풀어 끼적이는 동안 나는 내내 충만했으니 이미 보상을 받은 셈이다.

할 보일Hal Boyle이란 사람은 "강물이 사람의 마음을 평온하게 하는 이유는 의심이 없기 때문이다. 스스로 어디로 가는지 잘 알고 있으며, 다른 곳으로 가고 싶어하는 일이 없다"라고 썼다. 내가 쓰고 싶었던 문장은 바로 강물같이 평온한 문장이다. 스스로 어디로 가는지 잘 알고, 다른 곳으로 가고 싶어하는 일이 없는 문장들! 그것은 언감생심 내 역량 밖의 일이다. 나는 겨우 요만큼밖에 쓰지 못했으니, 똑같은 태양이 내리는 햇볕을 쬐고, 똑같은 땅이 길러낸 식물들을 먹으며, 똑같은 낮과 밤을 살아냈으되, 이 소출의 차이란 억울하지만 수긍할 수밖에 없는 일이다.

이 산문집은 한 매체에 연재한 〈일요일의 문장〉을 모체로 한다. 마흔여덟 개의 산문을 한자리에 모았다. 삶의 기미들을 날카롭게 드러내어 내 취향을 뒤흔든 문장들은 날마다 읽는 책에서 우연히 만난 것들이다. 셰익스피어·몽테뉴·키르케고르·오스카 와일드·니체에서 나보코프·카잔차키스·카뮈·김훈·김연수에 이르기까지 여러 작가와 철학자의 책에서 문장들을 빌려왔다. 내 사유의 촉매제가 된 문장에 기대어 상상력과 사유를 활짝 펼쳐냈다.

지난여름 저 북유럽의 도시 헬싱키에서 짧은 휴가를 보냈다. 먼 곳은 늘 먼 것의 아우라로 인해 동경의 빛으로 빛난다. 우리는 그

동경의 빛에 이끌려 낯익은 고장을 떠난다. 여행자가 낯선 풍경에서 인생의 심연을 엿보는 것은 여행자의 당연한 권리이자 기쁨이다. 여행의 본질은 자기에게서 떠나 되도록 자기를 멀리 벗어남에 있다. 자기에게서 해방되어 비로소 자기를 만나는 것이 여행의 보람이다. 가장 가까운 나를 만나려고 가장 먼 곳으로 떠난다. 내 어딘가의 '숨은 자아'를 만나는 것, 이것이 풍경의 먼 곳, 혹은 먼 곳의 풍경이 만들어내는 뜻밖의 효과다. 서울 서교동의 산책자로 지내다가 흰 화염火焰처럼 쏟아지는 땡볕을 피해 가장 먼 곳인 헬싱키로 떠났는데, 그 휴가지에서 나는 '나'를 만난다. 그리고 몇 문장을 끼적이고 나서 우연히 연락이 닿은 이병률 시인에게 보냈고, 그걸 계기로 이 산문집이 세상의 빛을 보게 되었다. 나는 이 우연한 행운에 기뻐한다.

　이 책을 내는 데 도움을 주신 '달'의 편집자 이희숙님, 그리고 이병률 시인께 감사드린다.

2017년 봄
장석주

차
례

책을 내면서
가장 가까운 곳에서 나를 만나다 • 4

1부. 돌아본다

풍경에 대하여 • 16

햇볕에 대하여 • 25

인생의 맛에 대하여 • 30

구월의 기분에 대하여 • 36

결혼에 대하여 • 41

사라짐에 대하여 • 46

다시 오지 않을
가을에 대하여 • 51

지나온 인생에 대하여 • 56

가만히 혼자 웃고 싶은
오후에 대하여 • 61

2부. 걸어본다

떠돎에 대하여 • 70

밤과 꿈에 대하여 • 76

혼자에 대하여 • 84

시작과 끝에 대하여 • 89

'황금광시대'의
역설에 대하여 • 97

'하드보일드
원더랜드'에 대하여 • 106

잡고자 하면
사라지는 것들에 대하여 • 113

인생이라는
편도여행에 대하여 • 118

저녁에 대하여 • 124

3부. 헤아린다

예술가의 지복에 대하여 • 132

예술가의 고독에 대하여 • 137

단 한 번의 여름에 대하여 • 141

실패에 대하여 • 147

노스탤지어에 대하여 • 151

배움에 대하여 • 156

'노는 인간'에 대하여 • 161

돈에 대하여 • 168

한 독서광의 죽음에 대하여 • 172

셰익스피어에 대하여 • 177

4부. 쉬어간다

숲에 대하여 1 • 184

숲에 대하여 2 • 188

시간에 대하여 • 192

나이듦에 대하여 • 200

단순함에 대하여 1 • 209

단순함에 대하여 2 • 214

숲에서 생각한 것들에 대하여 • 220

도서관에 대하여 • 224

걷기에 대하여 1 • 231

걷기에 대하여 2 • 236

5부. 기억한다

봄날의 행복이
짧았던 까닭에 대하여 • 244

여름의 기쁨들에 대하여 • 249

어머니에 대하여 • 254

멸종에 대하여 • 259

해바라기에 대하여 • 265

프로이트 씨와
흡연에 대하여 • 271

건널목에 대하여 • 277

나답게 살기에 대하여 • 280

국화와 석류의
계절에 대하여 • 285

작별 인사에 대하여 • 289

이 책에 나오는 책들 • 294

1부

돌아본다

풍경에
대하여

————

"풍경은 내 안에서 태어나고,
나는 풍경 안에서 태어나는 것이다."

석도
(石濤, 1642~1707)

우리는 지금 자작나무 숲과 호수들이 많은 북유럽의 한 도시에 와 있습니다. 바로 핀란드의 헬싱키입니다. 우리는 여기에서 날마다 도심의 거리나 바닷가를 따라 걷고, 먹고, 읽고, 자면서 시간을 보내고 있습니다. 카페나 서점, 거리와 식당을 어슬렁거리며, 뭐, 단순한 일상의 시간을 보내고 있는 것이지요. 지금은 8월 한여름이고, 서울의 폭염에 진절머리를 치다가 북유럽의 서늘함 속으로 도피한 셈입니다. 헬싱키에 온 뒤 처음 며칠은 하늘이 파랗고 한낮 기온이 섭씨 18도 안팎이라 쾌적했어요. 오늘 하늘은 온통 회색빛이고, 오전에는 가랑비가 가느다랗게 내렸습니다. 바람이 불고 비가 내린 탓에 기온은 10도 안팎으로 떨어져 퍽 쌀쌀한 날씨예요. 새벽녘 호텔에서 잠결에 덜덜 떨다가 깨어나 긴팔 내복을 꺼내 입고 이불을 뒤집어쓴 채 다시 잠을 청했습니다.

헬싱키에 오면 박물관들을 돌아보고, 하루나 이틀 짧은 크루즈 여행을 하거나 밤에는 재즈 공연장을 찾아갈 수도 있겠지요. 우리는 헬싱키의 고요한 일상을 살기로 하고, 그저 걷고 쉬고 읽고 자며 시간을 채웠어요. 인천공항에서 헬싱키로 오는 기내에서 읽은 건 로저 에커치의 『잃어버린 밤에 대하여』라는 책인데요, 꽤 두꺼운 책을 맛있는 빵을 뜯어먹듯 아껴가며 읽습니다. 무심함 속에서 책을 읽는 내내 서울의 광속으로 폭주하는 시간, 잘게 쪼개지며 달아나는 시간에서 벗어난 해방감과 함께 어느 한 군데 흠집 없이 잘 보존된 하얀 알 같은 시간의 지복을 만끽하는 거죠. 이런 느리고 단순한 삶의 리듬을 언제 살아보았나, 헤아려보니 아득합니다.

폭염을 피해 여행 가방을 싸서 헬싱키로 떠나온 데는 별 이유가 없습니다. 여름이 닥치고 폭염의 날들과 싸우며 꽤 두꺼운 책을 쓰느라 지쳤기에 잠시 휴식이 필요했습니다. 이 북유럽이 낯설고 먼 곳이어서 제 내면의 한줌 남은 낭만적 동경을 자극했는지도 모릅니다. 서울 벗들의 염장을 지르는 게 아닌가 조심스러워하며 헬싱키 간다는 얘기도 못하고 도망치듯 떠나왔는데, 와서 보니 잘했다는 생각이 드네요. 숙소에 도착하자마자 여행 가방을 풀지도 못한 채 열몇 시간을 자고 일어났어요. 여독이나 시차 때문이 아니라 누적된 피로 때문일 겁니다. 자고 일어나서 아이폰을 보니 일곱시여서 조식을 먹으러 호텔 식당에 내려갔는데, 글쎄, 현지 시각은 새벽 한시였어요. 프런트 여직원이 어이없다는 표정을 지었어요. 아이폰의 시간을 현지 시각에 맞춰놓지 않은 탓에 벌어진 해프닝이었지요. 며칠째 침대에서 뒹굴며 책을 읽거나 밖으로 나가 걷는 게 중요한 일과입니다. 그렇게 날마다 낯선 거리를 걸으니 몸은 고되지만 마음은 느긋하고, 심령도 생기를 되찾은 듯합니다.
오늘도 호텔 조식을 먹은 뒤 도심의 거리에 나와 몇 시간째 걸었습니다. 낯선 도시와 친해지는 데 걷기보다 더 좋은 방식은 없어요. 어제는 일찍 호텔을 나와서 헬싱키에서 명성이 자자한 히에타라하티 마켓을 다녀왔어요. 황학동 벼룩시장을 연상하면 될 거예요. 광장에 좌판을 늘어놓고 갖가지 중고 물건들을 파는데, 재미삼아 소소한 물건 몇 개를 샀어요. 종이를 자르는 나이프, 붉은 가죽 시가케이스(필통으로 쓰면 좋겠지요), 스위스 만능 칼, 북유럽 스타일의 여성용 가죽재킷(물론 아내를 위한 것입니다), 유명한 아르마니 로고가 박혀 있는 검정 가죽숄더백(이건 제게 주는 선물이고요), 몇몇 지인을 위한 선물들……. 반나절 넘게 광장을 몇 바퀴나 돌았더니 배가 고파졌어요. 어느덧 점심때가 훌쩍 지나버렸거든요. 우리는 헬싱키 중앙역 근처로 나와 쇼핑몰 안의 중국식당에서 배를 채웠어요. 일인당 10유로에 맘껏 먹는 뷔페 차림인데, 음식은 짭짤했지만 허기가 입맛을 돋우니 먹을 만했어요.

공중에 가랑비 자욱한 수요일 오후, 숙소 근처 카페에 나가 책을 읽었어요. 이번 여행에 책은 많이 갖고 오진 않았어요. 카페에서 아메리카노 한 잔을 천천히 마시며 읽은 책은 그리스 국민작가인 니코스 카잔차키스의 『영혼의 자서전』입니다. 이 책을 여러 번째 읽고 있습니다. 사실을 고백하자면, 서른여섯 해 전 이 책의 한국어판이 나올 때 제가 책임 교정을 보았거든요. 불과 스물다섯살, 출판사 편집부에 막 입사한 신출내기였던 저는 이 원고를 읽으면서 니코스 카잔차키스라는 작가에 감탄하고 그를 경외하게 됐고, 이 작가의 전집을 출판하자는 건의를 했습니다. 그때는 카잔차키스가 국내에 알려지기 전이라 전집 출간은 모험이었는데, 출판사 대표는 흔쾌하게 응낙했습니다. 그로부터 서른몇 해가 지나고 아테네와 카잔차키스의 고향인 크레타 섬을 방문하는 기적 같은 기회가 열렸어요. 크레타에는 카잔차키스 뮤지엄과 무덤이 있고, 저는 두 곳을 다 방문했습니다. 바람이 세찬 크레타의 언덕에 있는 작가의 돌무덤 앞에는 빨간 여름꽃 한 송이를 바쳤는데, 아주 감격스러운 순간이었습니다.

핀란드 출신의 세계적인 건축가 알바 알토가 설계한 아름다운 서점 '아카데미아'에도 다녀왔습니다. 아카데미아 서점은 규모가 서울 교보문고 광화문점보다 작아서 덜 북적이고 조용하고 정갈했어요. 핀란드어는 까막눈이니, 서가에 꽂힌 그 많은 책들 내용을 알 수는 없었지만 내부 구조와 인테리어가 섬세하고 인상적이었어요. 실내 구조와 각종 조명들, 창문과 문의 손잡이, 그리고 각 층을 잇는 계단들에서 건축가의 미적 감각을 엿보는 듯했어요. 시집 코너를 찾아냈는데, 정말 많은 시인들의 다양한 시집들이 진열된 걸 보면서 한편으로 놀랐고, 다른 한편으로 기뻤습니다. 시집 출판이 활발하다는 것은 시집 독자들이 그만큼 많다는 증거잖아요. 아마 핀란드는 시가 살아 있는 나라인 듯싶네요.

새벽에 깨어나 나와보니 아스팔트 바닥이 젖어 있네요. 우리가 자는 동안 한차례 비가 뿌렸나봅니다. 날이 완전히 밝아진 뒤에도 가랑비가 내리는데, 헬싱키 시민들이 우산을 받쳐들고 출근길 발걸음을 서두르는 풍경을 오래 바라보았어요. 서울이건 헬싱키건 아침 풍경은 어디나 비슷해요. 그들이 출근해서 은행과 우체국과 관공서 업무가 시작되고, 꽃집과 빵집들의 문도 열리겠지요. 우리는 빗속을 뚫고 딱히 갈 곳이 마땅치 않았어요. 그래서 궁리 끝에 스토크만 백화점이라는 곳을 들러보기로 했습니다. 핀란드는 디자인으로 유명한 나라인데, 정말 백화점에는 개성적 디자인이 돋보이는 옷들과 잡화들이 풍성하더군요. 눈으로 둘러보는 것만으로도 뿌듯해졌어요.

오후 들자 비가 그쳤어요. 비 그친 오후의 말끔한 공기는 사랑스럽게 반짝이고, 빗물 괸 곳마다 파란 하늘이 가득 담겼어요. 마치 경이로운 책이 펼쳐지듯 화사하고 맑은 풍경이 눈앞에 나타났습니다. 누군가 일러준 헬싱키의 작고 아름다운 만灣을 다녀왔습니다. 그 만은 정말 작고 사랑스럽고 아름다웠어요! 사람들로 북적이는 중앙역을 빠져나와 대성당을 거쳐 낯선 길을 한참 걸어가자 나무들 울창한 공원이 나오고 공원 지나자 바로 만이 얼굴을 빼꼼하게 내밀었어요. 바람이 제법 차갑고 거셌어요. 만을 향하여 선 버드나무들이 센바람에 흔들릴 때마다 탬버린같이 쇳소리를 냈어요. 만의 건너편에는 고색창연한 호텔 건물들이 서 있고, 해안에는 각양각색의 요트들이 빽빽하게 정박한 채 잔물결에 흔들리고 있었어요. 춥고 센바람이 불고 있었지만 자연 풍경이 가진 아름다움에서 눈을 뗄 수가 없었습니다. 바람을 타고 구름이 움직이고 구름의 움직임에 따라 물과 뭍의 버드나무들이 만든 음영도 시시때때로 달라집니다. 빛은 환해지거나 옅어지며 풍경에 부드러운 음영을 만듭니다. 거리의 멀고 가까움과 상관없이 풍경은 손에 닿을 수 없는 먼 곳이지요. 손에 닿을 수 없는 탓에 풍경은 아우라를 갖는 것입니다. 우리는 추위도 잊은 채 바람이 일으키는 파도와 만 안쪽의 고즈넉한 풍경 탐독자가 되어 오래 서 있었습니다.

풍경을 본다는 것은 무엇일까요? 본다는 것은 지각 작용의 시작입니다. 이 북유럽의 나라에서는 자작나무 숲을 빠져나가면 홀연 아름다운 공원이 나오고 파란 호수가 나타납니다. 풍경은 하늘과 땅 사이에 있는 이런 장소의 펼쳐짐이고, 우리는 그 장소의 펼쳐짐에 눈길을 빼앗깁니다. 풍경이 건네는 것은 그 물질적 외관의 아름다움보다는 드물게 만나는 정적과 사색의 순간이지요. 풍경은 외부의 것으로 엄연하지만 내 안에 들어와 정신적인 것으로 변화를 하면서 비로소 완성됩니다. 보는 것은 물질로 빚어진 장소의 외관입니다만, 그 장소란 시간과 포개진 그 무엇입니다. 장소가 펼쳐내는 공간의 무한함은 시간을 삼키고 다시 내뱉으며 변화를 이룹니다. 풍경은 시간의 유동성에 의한 충격과 변화를 떠안으며 만들어진 총체인 것이니까요. 풍경은 응고된 물物이 아니라 움직이는 것, 즉 기운생동氣韻生動의 결과를 반영하는 상象입니다. 풍경을 바라보는 자는 그 바라봄을 통해 내면 기운의 변화에 닿지요. 그러니까 풍경을 보는 자는 그 풍경의 너머에서 자신을 보는 것이라고 할 수 있습니다. 풍경의 아름다움이란 부분과 전체, 시간과 물질적인 것들의 상호침투, 그 둘이 스미고 섞이며 만든 높음과 낮음, 밝음과 그늘, 물과 산 따위가 서늘한 조화에서 빛나는 아우라에서 실현됩니다. 명말 청초의 화가 석도는 "풍경은 하늘과 땅이 지닌 형태와 힘(형세)이요, 바람, 비, 어두움, 밝음의 작용은 풍경이 가지는 분위기(기상)이다"라고 합니다. 헬싱키의 풍경들에서 우리가 본 것은 그런 조화와 통일이 빚은 풍경의 아우라이고, 풍경에 스민 깊은 고요함의 아름다움입니다.

만을 등지고 돌아오면서, 아내가 뜬금없이 육개장이 먹고 싶다고 해서 헬싱키 시내의 한국식당을 찾았습니다. 아이폰이 지원하는 구글 지도는 유용합니다. 우리는 구글 지도를 검색해서 이십분 거리의 한국식당 한 군데를 찾아냈어요. 헬싱키 대학 부근 한적한 거리에 있는 한국식당에서 이른 저녁을 먹었는데요, 아쉽게도 육개장은 메뉴에 없었어요. 우리는 김치찌개 백반과 잡채밥을 주문하고, 사이드 메뉴로 김치전도 시켰습니다. 며칠째 양식으로

만 배를 채워 속이 편치 않았는데 맵고 칼칼한 김치찌개 국물을 떠먹으니 혈관과 세포들이 나른한 행복감에 잠겼습니다.

해가 뉘엿뉘엿 넘어가는 저녁이네요. 숙소로 돌아오는 중 동네 공원 벤치에 앉아 오래 쉬었어요. 숙소로 급하게 돌아갈 일이 없다는 것, 시간을 마음대로 쓸 수 있다는 것, 이 한가로움과 자유가 뼛속까지 스며들어 기쁨으로 변합니다. 서울로 돌아가면 이런 유유자적도 누릴 수 없을 거예요. 할 일들이 산적해 있고, 다시 바빠질 테니까요. 빡빡한 강연 일정들, 매체 원고들, 마감을 재촉하는 단행본 원고들……. 지금은 그런 걱정 따위는 잠시 내려놓고, 우리는 다시 일어서서 걸었습니다. 저녁 황혼이 펼쳐진 하늘 아래 거리 한복판으로 트램이 종을 울리며 지나가고, 거리 악사가 연주하는 기타 소리가 울려퍼지는 그 찰나, 헬싱키 대성당의 금빛으로 채색된 둥근 돔에 한줄기 날카로운 빛이 번쩍였어요. 이 황금빛의 아름다움은 우리가 붙잡아둘 수 없어서 슬프고 덧없겠죠? 이 한 번뿐인 여름, 다시 돌아올 수 없는 이 여름은 곧 끝나겠죠. 그러나 늦여름 며칠을 북유럽의 한 도시에서 보낸 행복한 기억은 쉬이 잊을 수 없겠죠. 간혹 사는 게 재미없어질 때 이 풍경들에 대한 기억이 작은 위안이 될 수도 있을 거예요.

잘 있어요, 당신.

햇볕에
대하여

———

"태양은 개자리속과 떡갈나무의 수액에 생기를 불어넣고,
수많은 생물을 깨어나게 하며,
동물들에게 더 많은 생동감과 에너지를 준다.
요컨대 가장 생명력 넘치고 가장 완벽한 자연을 꿈꾼다.
'모든 것이 움직이고, 조직화되고, 태양의 존재를 느낀다.'
이와 같은 방식으로 태양은 인간에게 영향을 미쳐,
'막연한 걱정, 왕성한 호기심, 목적 없는 활동'을 일소한다."

크리스토프 그랑제
(Christophe Grangé, 1961~)

입춘 지나자 추위는 누그러지고, 해는 더 빨리 떴다가 더디게 진다. 그만큼 해가 떠 있는 시간이 늘고 환한 낮은 길어진다. 이때 하늘은 청화백자의 푸른빛을 띠는데, 해는 이 푸른 하늘 한가운데로 온다. 지상에 쏟아지는 햇볕은 도타워지면서 산수유꽃 색깔을 띠고, 세계는 해가 누리에 뿌리는 명랑한 노란빛으로 물든다. 가장 눈부신 햇빛은 바닷가의 햇빛인데, 밝기가 무려 10만 럭스라고 한다. 형광등을 켜는 가정집 방 안 밝기가 300에서 400럭스라고 하니, 이게 얼마나 눈부신 것인지를 짐작할 수 있겠다. 자양분을 듬뿍 품은 봄날의 햇볕은 마치 젖같이 만물에 골고루 먹인다. 만물은 노란빛으로 된 젖을 빨아들이며 소생한다. 잿빛 칙칙한 숲에 옅은 연둣빛이 도는 것도 이 무렵이다.

아아, 봄이군, 봄이 왔군! 양지에서 도타워진 햇볕을 받은 벚나무와 버드나무들에는 수액이 돌면서 꽃눈과 잎눈들이 도톰해진다. 식물의 뿌리들은 더 힘차게 물을 빨아들여 수관을 통해 우듬지로 밀어올린다. 봄이 오면 식물들도 생장을 위해 바빠지는 것이다. 조만간 벚나무와 버드나무들은 꽃을 피우고 잎을 틔우리라. 벚나무와 버드나무에 견줘 더딘 감나무와 석류나무도 천천히 잎눈을 터뜨릴 준비를 한다. 겨우내 얼어붙은 채 서릿발 세우던 흙은 이제는 녹아 물렁물렁해지고, 흙속에 묻힌 구근식물들도 싹을 틔울 채비를 한다.

봄이 오면 생명들은 저마다 자기 할 일들로 분주하다. 더는 미룰 수가 없다. 천지간이 양의 기운으로 가득한 이른봄에 벌써 지리산 계곡의 북방산 개구리들은 산란을 한다. 아직 차가운 계곡물에 끈적하고 투명한 막에 감싸인 까만 점 같은 개구리알들이 뭉쳐 있는데, 우수 경칩 지나면 이 알들이 올챙이로 깨어날 것이다. 새들의 움직임도 덩달아 눈에 띄게 활발하다. 종달새와 붉은머리오목눈이와 직박구리들이 기지개를 켜고 공중으로 오른다. 새들의 날갯짓이 제법 힘차다. 이렇듯 봄날 햇볕을 받은 모든 생명들은 약동한다.

복사꽃 피고, 복사꽃 지고, 뱀이 눈 뜨고, 초록제비 묻혀오는 하늬바람 위에 혼령 있는 하늘이여. 피가 잘 돌아…… 아무 병病도 없으면 가시내야. 슬픈 일 좀 슬픈 일 좀, 있어야겠다.

서정주, 「봄」

이 시는 봄이면 저절로 떠올라 나도 모르게 읊조린다. 상실과 쇠락의 계절을 견딘 사람은 회복과 도약의 새 계절을 맞는다. 바야흐로 봄이다. 봄에는 잠에서 깨어나는 시각도 빨라진다. 봄을 맞은 포유류들의 피는 잘 돈다. 생체가 대기에 넘치는 빛의 양에 반응해 신진대사가 활발해진 까닭이다. 이것은 나만 그런 것은 아니다. 땅속 깊은 데서 겨울잠을 자던 뱀이 눈뜨고, 제비들은 남쪽에서 내륙 깊은 데로 날아온다. 시인은 피를 가진 생명들에는 피가 잘 돈다고 했다. 추위에 웅크리고 침잠해 있는 동안 내 영혼은 내내 어두웠다. 하지만 더이상 내 영혼을 어둠 속에 방치하거나 침묵할 필요가 없다. 웬만한 슬픈 일쯤이야 넉넉히 감당할 수 있다. 나는 어제 아침보다 오늘 아침에 더 일찍 일어난다. 누가 깨우지 않아도 일찍 깨어난다는 것은 그만큼 생기가 돈다는 뜻이다. 이것은 사람이나 네발 가진 동물이나 다 마찬가지다. 나무들 역시 새순이 파랗게 돋고, 봄볕 가득한 곳에 붉은 꽃은 피어 화창하다.

이런 날 양지쪽에 의자를 내놓고 봄볕 받으며 책을 읽는 기분이 얼마나 좋은지 겪어보지 않은 이는 알 길이 없다. 날씨가 화창하면 양지쪽에 나와 앉아 햇볕을 충분히 쬐어야 한다. 도타워진 햇볕을 쬐면서 시집을 읽거나 바흐 음악을 듣고 있을 때 내 기분이 좋아진다. 어디 그뿐인가? 이 빛이 흐트러진 생물학적 리듬과 건강을 되찾아줄 것이다. 햇볕으로 내면의 음습한 불행의 기질을 말려라! 누리 가득한 환한 햇빛 속에서 꽃들은 연이어 피고, 나뭇가지는 새잎들로 푸르러지며, 새들은 활기차게 난다. 이런 봄날, 공허를 무찌르고 더 행복해지는 게 우리가 떠맡은 유일한 의무다.

나는 겨울보다 더 자주 산책에 나선다. 바람을 맞으며 앞으로 나아갈 때 나는 더 행복하다. 사실 행복이란 그다지 많은 것들이 필요하지 않다. 신선한 공기, 빛, 물, 건강, 약간의 책들, 음악, 고요, 몇 벌의 옷, 물이 새지 않는 신발, 벗들! 행복을 위한 목록에 적힌 것들은 대개의 사람들이 누리는 것들이다.

햇볕은 우울한 기분을 걷어내고 화창하게 만든다. 우리 기분은 더 유쾌해지고, 감정은 확실히 겨울보다 낙관적인 쪽으로 기울어진다. 이것은 봄날 햇볕이 일으키는 기적이다. 막 이성에 눈을 뜬 조카들의 가슴에 춘정春情이 발동하는데, 조카들이 설레며 이성을 그리워하는 것도 이 춘정이 시키는 짓이다. 우리 모두 봄날에 누군가를 사랑하며 더 행복해질 의무를 떠안는다. 무엇보다도 사랑은 생명의 번성을 위한 전제 조건이다. 이 세계에는 영원한 일출과 일몰이 있고, 이슬이 마르는 법이 없으며, 씨앗들은 봄마다 새싹을 틔운다. 그리고 봄이 오면 봄날의 해가 뜨고, 햇빛은 눈부시고 날은 따뜻하기 때문이다.

인생의
맛에
대하여

———————

"인생은 뒤돌아볼 때 비로소 이해되지만,
우리는 앞을 향해 살아가야 하는 존재다."

키르케고르
(Søren Kierkegaard, 1813~1855)

봄의 맛. 봄은 무법천지다. 무법은 여기저기 함부로 피어나서 눈부신 백화제방百花齊放이다. 이 무법 사태를 누구도 책임지지 않는다. 무법을 무찌를 수 없다면 또다른 무법을 일으킬 수밖에 없다. 당신이 이 무법천지 속에 불쑥 모습을 나타냈으므로 나는 당신을 알아볼 수 없었다. 당신은 먼 데서 밥을 먹고, 나는 밤나무 숲 근처의 시골집에서 혼자 자고 깨어나 밥 지을 쌀을 씻었다. 혼자 밥을 지어 먹는 사람은 쓸쓸한 사람이 아니다. 혼자 밥 먹는 사람은 조용하고 경계하고 삼가며 두려워하는 마음으로 만물을 대하며, 그 무엇에도 구애받지 않고 자유롭게 사는 사람이다.

봄엔 겨우내 먹은 김장김치에 질려 혀의 미뢰를 깨우는 상큼한 것을 먹고 싶다. 봄에는 땅에서 지천으로 돋는 여린 풀들을 뜯어 먹을 수 있으니 반찬 걱정을 덜 수가 있다. 봄풀은 땅의 기운을 잔뜩 빨아들이며 쑥쑥 자라난다. 문명 진보의 속도가 아무리 빨라도 이들 봄풀들이 머금은 생기를 재현해낼 수는 없다. 민들레, 쑥, 제비꽃, 원추리, 소리쟁이, 돌미나리 따위를 씻어서 된장에 무쳐 먹는데, 김장김치의 염분에 질린 입맛을 돋우기에 적당하다. 날이 더 따뜻해지면 집 옆 둔덕의 두릅나무에 돋은 두릅 순을 따서 살짝 데쳐 초장에 찍어 먹는다. 그 맛과 향이 기막힌 탓에 묵은 반찬들에 눌려 있던 미각이 화들짝 놀라 깨어난다.

여름의 맛. 돌연 흰 화염이 펄럭이던 여름이 끝난다. 폭염에 대처하는 내 자세는 비루하고 용렬했다. 식초를 쏟아내는 듯 따가운 여름 일광의 뜨거움과 눈부심을 끌어안지 못한 채 그저 도피하기에 급급했다. 공기가 뜨겁게 덥혀질 때 온몸의 땀구멍들은 땀을 토해내기 바빴다. 나는 물속 돌 밑의 잠자리 유충처럼 냉방된 카페에 엎드려서 겨우 책이나 몇 권 읽었을 뿐이다. 늦더위 가신 뒤 바위조차 부스러뜨릴 만큼 기세등등하던 햇빛의 열기가 쇠잔해지고, 녹색식물들은 기진함에서 깨어난다.

여름 내내 맹렬하게 울던 매미들 하나둘씩 떠난 뒤, 어디선가 혼자 남은 매미가 가느다랗게 운다. 혼자 남은 이 매미 소리는 처연한데, 천지간의 기운이 속절없이 바뀌고 있음을 예고한다. 여름 매미의 울음소리는 우렁찼으나 여름 지난 뒤 우는 매미의 울음소리는 여치 소리같이 가늘고 스산하구나. 아, 이 늦된 이를 어찌하리! 가을 정원의 감나무와 모과나무 따위는 노랗게 물든 잎을 떨군 채 서 있다. 가을 기운을 품은 찬바람이 일면서 인생의 어느 부분이 휘어지면서 다정다감해진다. 나는 조금 더 겸손하고 착해질 것이다.

계절이 끝난다는 것에 안도한다. 어떤 연애는 끝이 있어서 숨을 돌리고 살 만해진다. 계절이나 연애에 끝이 없다면, 오, 상상만 해도 지루하고 끔찍하다! 여름이 끝나면서 아쉬운 것은 여름의 풍미를 더는 맛볼 수 없다는 것이다. 이를테면 남해에서 올라온 민어회 몇 점을 두툼하게 썰어 입안 가득 넣고 씹고 난 뒤, 입가심으로 잘 익은 장호원 햇사레 복숭아를 한입 베어 물고 턱으로 흐르는 그 즙의 달콤함에 취할 때, 나는 단순하게 행복해지는 것이다.

겨울의 맛. 시골에 혼자 있을 때 나는 호구지책과 상관이 없는 노자의 『도덕경』을 옆에 끼고 읽거나, 한정판으로 찍어낸 『설악산 생태보고서』나 반세기 전에 나온 『한국지리학회지』 따위를 쉬엄쉬엄 읽으며 살았다. 오후엔 배낭을 메고 안성 인근 해발 400~500미터 남짓한 산을 찾아 능선을 따라 걸었다. 산행에서 돌아와 저녁을 먹고 나면 사위는 이내 캄캄해졌다. 어느 날 어둠에 감싸인 한밤중 흰 개가 느닷없이 짖었는데, 계절이 바뀔 무렵 안개가 올라오거나 흐린 날 귀신도 종종 나타났으니, 오랜만에 오신 귀신인가 했다. 이불을 걷어차고 문 열어 바깥을 내다보니 눈이 내리고 있었다. 천지간 고요 속에서 그해 첫눈이 펑펑 내렸다. 혼자라는 자각은 뼈가 시릴 만큼 날카워서 나는 어깨뼈를 탈골시키고 싶을 만큼 외로웠다. 이제 흰 개도, 첫눈도, 미칠 만큼 격정적인 외로움도 다 사라졌다.

며칠째 눈이 쌓여 차를 갖고 시내에 나갈 수가 없다. 바깥나들이를 하려면 부득이 눈이 녹을 때까지 집 안에 갇혀 침묵을 벗삼아 견뎌야만 한다. 바깥나들이를 할 수 없으니, 몸이 배배 꼬일 정도로 권태롭다. 그런 날 가자미나 고등어 같은 비린 것이 먹고 싶어 몸이 안달하지만 갑자기 그것들을 구할 수 없으니 참을 수밖에 없다. 김장김치를 꺼내 프라이팬에 볶아 밥 한 공기 먹는 것으로 만족한다. 지루하고 긴 겨울의 진미는 큰 위안이 되기도 하는데, 겨울 진미 중 하나가 동지 팥죽이다. 노모가 있었다면 무쇠솥에 팥을 삶고 찹쌀 새알심을 넣어 동지 팥죽을 끓였을 테다. 팥죽 한 그릇을 살얼음 서걱이는 동치미와 함께 떠먹을 수만 있다면 더 바랄 게 없으리라.

인생의 맛. 인생이 뭔지도 모르고 인생을 살았다. 봄가을을 예순 번씩 넘기며 살아보니 그나마 어렴풋이 인생의 윤곽을 그려볼 수가 있게 되었다. 철학자 키르케고르는 "인생은 뒤돌아볼 때 이해가 되는 것이지만, 애석하게도 사람은 앞을 보며 살아가는 존재"라고 말한다. 나는 진심으로 훌륭한 사람이 되고자 꿈을 꾼 적이 있던가? 잘 모르겠다. 현실 조건에 눌리지 않고 애써 잘 살아내려고 했건만 크게 이룬 것도 없고, 남의 손가락질을 받을 큰 과오도 없었다. 마흔 넘어 도시생활을 접고 시골에 집 짓고 내려와 침묵의 신봉자가 되어 산 것은 잘한 일이다. 해마다 봄철에 열리는 나무시장에 나가 여러 나무들을 사다 심은 것, 모란과 작약이 꽃피기를 기다리던 것, 초겨울 밤하늘에서 쏜살같이 흘러가는 유성우들을 바라본 것은 잘한 일이다. 인생이 배움의 연속이라는 깨달음은 삼엄해서 부지런히 책을 구해다 읽었다. 작은 깨우침이 없다고 말할 수는 없지만 살뜰하게 행동으로 옮기며 살지는 못했다. 누군가 손가락으로 달을 가리킬 때 달은 보지 못하고 달을 가리키는 손가락만 쳐다보며 살았다. 그저 밥 굶지 않고 살며 책 몇 권을 썼다. 그런 내게 인생이란 신성하지 않고 그렇다고 아주 느른하지도 않았다.

"어때요? 살 만했나요?"

누군가 인생의 맛에 대해 묻는다면 나는 입을 꾹 다문 채 아무 대답도 하지 않을 테다. 혼자 속으로 이런저런 생각을 굴리겠지. 인생이란 아주 쓸쓸한 것만도, 그렇다고 달콤한 것만도 아니었지만, 인생은 살 만한 것이라고 말할 수 있다. 인생의 맛이 고작 어제 남긴 식어버린 카레를 무심히 떠서 먹는 맛이라도 말이다.

구월의
기분에
대하여

_____.

"기쁨은 널리 펼치고
슬픔은 쳐낼 수 있는 한 쳐내야 한다."

미셸 드 몽테뉴
(Michel de Montaigne, 1533~1592)

팔월이 끝나자 구월이 온다. 팔월의 세계와 구월의 세계는 정말 다르다. 팔월과 구월 사이에는 실로 커다란 단층이 엄연하다. 그러니 팔월에는 팔월의 기분이 있고, 구월에는 구월의 기분이 있다. 이것은 변할 수 없는 절대 명제와 같다. 팔월의 기분이 고래 배 속에 들어간 불운한 개였다면 구월의 기분은 초원에서 샐러드를 먹는 사자의 기분 같다고나 할까. 팔월에는 분노와 짜증으로 거의 삼켜질 지경이었는데, 구월에는 평상심을 되찾으며 모든 일들에 온건하고 낙관적인 사람으로 바뀐다.

팔월 내내 용암을 품은 화산처럼 무뚝뚝하게 보냈는데, 재난이라고밖에 말할 수 없는 것은 여름 더위였다. 폭염의 혹독함은 얼마나 웅장했던가! 그 안에는 단 한 점의 정의나 의리도 찾을 수가 없다. 물론 염천炎天에도 푸른 잎사귀 뒤에 숨은 산딸기들은 익어가고 샛강의 실뱀장어들은 통통하게 살을 찌우겠지만, 나는 상한 바다사자같이 심해에 가라앉은 채 엎드려서 고통을 견뎠다. 나는 이 여름에 몇 번이나 죽었다. 아니, 죽은 것은 영혼이다. 이 영혼의 죽음으로 나는 여름의 순교자가 되었다. 겨우 잘 익은 수박 몇 통을 깨 먹으며 혼미해지는 정신을 가다듬고, 먼바다와 흰 모래를 그리워했다. 몇 해째 바다는커녕 그 근처에도 간 적이 없다. 팔월이 덧없이 끝나고 눈부신 빛들이 사라지면서 사태는 반전한다. 구월은 수많은 가정들과 함께 소슬한 바람, 아침달, 유순한 그늘들, 저녁의 무릎을 끌어안는 식물적 명상의 시간들이 들이닥친다.

구월의 햇살은 온건하고 하늘은 파랗다. 구월에 하늘이 갑자기 왜 파래지는지를 모르지만, 머리에 파란 하늘을 이고 걷기를 좋아한다. 니체는 친구 파울 도이센에게 "생각을 수집하려면 머리 위에 푸른 하늘이 필요하다네"라고 말했다. 구월의 청명한 날씨 속에서 제주도 사려니 숲속을 종일 발목이 시큰거리도록 걷다 돌아오고 싶었지만 나는 그러지를 못했다. 다만 얕은 잠을 자며 어지러운 꿈을 꾸었다. 건조한 날씨 탓에 안구 건조증으로 약간 문제가 생겼지만 그쯤은 아무것도 아니다. 가을이 깊어가며 도라지꽃이 야트막한 언덕 텃밭에 지천으로 피고, 석류 열매들은 익어갔으며, 수컷 염소의 뿔은 더 자라고 고집도 더 세졌다. 염소들은 대체로 힘이 세고 말을 잘 듣지 않는다.

바람이 부는 날은 빨래하기에 좋다. 나는 날을 잡아 바지와 셔츠, 속옷과 양말, 수건들, 홑이불 따위를 한꺼번에 빤다. 혹시 빨래를 좋아하시는지? 내 지인 중에는 단 한 명도 빨래가 즐겁다고 말하는 이는 없지만 나는 빨래에서 알 수 없는 환희를 경험한다. 묵은 빨랫감들을 빨아 빨랫줄에 널 때 가슴이 뿌듯해진다. 나는 빨래를 하며 무념무상에 드는데, 그 호젓한 시간이 좋다. 그 호젓한 시간만큼 사색과 애도에 좋은 시간도 없다. 옷들을 빨아 빨랫줄에 널어놓은 뒤 바람에 펄럭이는 가운데 보송보송 말라가는 걸 가만히 지켜보는 게 즐겁다. 이때 나는 모든 하얀 것들을 두고 몽상을 하며 변화를 세세하게 살피는 관찰자다.

구월의 날씨와 돌과 식물들에 대해 한마디쯤 하지 않을 수가 없다. 한 해 중 가장 좋은 날씨를 고르는 배심원들은 단연코 구월의 날씨 쪽 손을 들어줄 것이다. 구월로 들어서며 연일 하늘이 파랗고 바람은 쾌청하다. 이 쾌청의 정도는 이 세상의 포악한 짐승들조차 개과천선하기에 충분할 정도다. 구월의 평온한 기쁨은 축복 같은 햇빛과 바람이 적당히 뒤섞인 쾌청한 날씨가 베푸는 지복에서 비롯된다. 아아, 좋군, 하는 감탄사가 절로 나온다. 이런 날씨라면 버터로 구운 빵 몇 조각, 연어샐러드, 차가운 맥주 한 잔에도 한껏 기쁨으로 충만해진다.

돌아보면 우리 곁에는 항상 불운한 존재들이 있다. 새들이 깨어나 지저귀는 새벽이나 들에 방목한 염소들이 돌아오는 황혼에도 돌들은 무뚝뚝하다. 돌들에게는 돌들의 미래와 돌들만의 근심과 걱정이 있는 법이다. 구월의 좋은 날씨들이 이어지는 가운데 나는 불현듯 옛일들과 옛 연인들에 대한 생각에 빠진다. 다시 돌아갈 수 없는 시절 속에 있는 옛 연인들, 돌이킬 수 없는 시간들로 문득 감미로움에 빠져든다. 구월이 평온하게 깊어갈 때 나는 몸에 잘 맞는 카디건을 걸친 채 한가롭게 백과사전을 읽거나, 가끔 냇가로 산책 나가 여뀌들이 늠름하게 자라는 것을 물끄러미 들여다본다. 구월은 구월의 날씨와 구월의 기분을 안고 그렇게 단조롭게 흘러 간다.

결혼에
대하여

———

"남자들은 지쳐서 결혼하고,
여자들은 호기심 때문에 결혼한다.
그리고 양쪽 모두 실망한다."

오스카 와일드
(Oscar Wilde, 1854~1900)

가을이 되니, 결혼 소식을 알리는 청첩장들이 부쩍 많이 배달된다. 가을이 단풍놀이에만 좋은 건 아닌 모양이다. 하늘 맑고 햇빛 밝아 화창한 가을날은 젊은 남녀가 친지들의 축복을 받으며 백년가약을 맺기에 좋겠다. 오늘 아침 여동생이 딸아이 결혼 날짜가 잡혔다고 소식을 전한다. 오래 못 만난 조카가 결혼을 한다니, 기특함과 반가움이 앞서면서도, '그 탈도 말도 많은 결혼!' 하는 생각이 파고든다. 물론 그것은 마음 한자리에 나이든 자의 노파심이 지어낸 불길한 그림자에 지나지 않을 것이다.

비혼자들이 느는 추세지만 혼기를 앞둔 자녀를 둔 부모 처지에서 결혼을 한사코 미루는 자녀는 골칫거리다. 이는 결혼제도가 가족공동체를 이루는 널리 용인된 제도이기 때문이다. 남녀가 가정을 꾸려 자식을 낳고 사는 것은 사회에 뿌리내리는 유력한 방식이다. 젊은 남녀가 결혼을 두고 한 번쯤 고민을 하는 것은 당연하다. 해야 되느냐, 말아야 되느냐, 이것이 문제로다! 결혼은 가구 따위를 들이는 일이 아니라 한 사람의 운명을 빚는 중차대한 결정이고 선택인 것이다.

일부일처제 결혼이 문명사회의 토대를 이루며 번창한 것은 그 제도가 경제 분배의 원리에 맞고, 공동 이익을 보호하는 등의 공공적 가치가 합의되었던 탓이다. 이 결혼제도의 근간은 배타적 성의 독점이라는 테두리 안에서 정당성을 얻는다. 달리 말하면 결혼이란 성을 단 한 사람에게만 허용한다는 법적 구속력을 가진 약속을 포함하는 것이다. 일부일처제 결혼이 인류의 암묵적 동의 아래 사회제도로 고착되었지만 문제가 없는 건 아니다. 이 제도는 배타적 폐쇄성과 비밀주의, 사적 이익의 도모로 굳건해진 탓에 균열 조짐을 드러낸 지 오래다. 세상의 변화를 선험적으로 드러내는 문학에서 이미 이 제도를 두고 "결혼은 미친 짓이다" 따위의 발칙한 도발을 제기하는 소설들이 심심찮게 나오는 게 그 징후다.

일부일처제 결혼이 흠 많고 탈이 많아도 딱히 대체할 만한 게 없으니 많은 이들이 관습으로 따른다. 국가가 젊은 남녀의 성생활과 행복을 염려해서 결혼을 권장하는 건 아닐 테다. 국가란 국가 구성원들의 복지와 안녕에 책임을 진다고 공공연하게 말하지만 이것은 거짓 약속에 지나지 않는다. 사회가 비혼 증가와 아이 낳기 기피를 심각한 사태로 여기는 까닭은 결혼과 출산이 병역, 납세, 노동 자원을 안정적으로 얻을 수 있는 까닭이다. 한마디로 결혼이 사회의 안정적 발전과 궁극적으로 국익에 부합하는 까닭에 결혼을 적극적으로 장려하는 것이다.

지금 한국사회에서 결혼하고 애를 낳아 양육하는 것은 큰 모험이고 도전이다. 우선 젊은 남녀가 결혼을 한 뒤 치를 주거비용이나 육아비용이 지나치게 버겁다. 그 책임의 막중함 때문에 아예 결혼을 포기하는 이들이 많다. 다른 한편에서는 격정적인 사랑 때문에 독신의 자유를 포기한 채 결혼을 하고 재화와 사적 비밀들을 공유하며 사는 방식을 취한다. 결혼에 따르는 고비용과 사회적 경력단절 따위의 위험을 감수하며 결혼하려는 이들은 두루 축복받아 마땅하다.

결혼할 것이냐, 말 것이냐의 기로에 선 이들에게 오스카 와일드의 조언을 소개한다. 우리보다 150년 앞서 산 이 작가의 결혼생활이 어떠했는지는 알 수 없지만 그는 여러 문헌들에서 결혼에 대한 성찰을 남기고 있다. "결혼생활이란 단지 하나의 습관, 그것도 나쁜 습관일 뿐이다. 하지만 인간이란 자신의 가장 나쁜 습관마저도 끊고 나면 아쉬워지는 법이다. 어쩌면 최악의 습관을 끊었을 때 가장 아쉬워하는지도 모른다. 나쁜 습관은 인간의 성격을 이루는 필수적인 부분이기 때문이다." 결혼에 대한 삐딱한 시선은 결혼제도의 불합리성과 문제점들에 민감하게 반응했다는 증거다. 결혼은 나쁜 습관 중 하나인데, 과연 결혼이 최악의 습관인지 아닌지를 쉬이 판단하기는 어렵다. 순수한 사랑에 기대어 시작한 많은 결혼조차 깨져 남녀가 등지고 돌아서는 것을 보면 그것이 최악의 습관일지도 모른다는 생각을 슬며시 해본다.

결혼으로 "여자는 자신의 운을 시험하고, 남자는 자신의 운을 걸고 모험한다"고 말할 때 나는 기억의 퇴적층을 뒤져서 그 말의 옳고 그름을 곰곰이 따져본다. 결혼생활이 늘 행복한 건 아니지만 그렇다고 불행으로 덧칠되고 쓸쓸한 것만도 아니다. 하긴 저마다 처지가 다르고 감정의 밀도가 다르고 삶의 배경도 다르니 결혼이 빚는 삶의 모양도 다양할 테다. 결혼해라, 실망할 것이다. 결혼하지 마라, 그래도 실망할 것이다. 우리는 이미 오래전에 부도나버린 결혼이란 약속어음을 들고 헛된 희망을 품고 있는 것인가? 어쩌면 그럴지도 모른다. 결혼이 제 불투명한 운을 시험하는 기회이고 앞날을 예측하기 어려운 모험이란 건 맞지만, 겪지도 않고 두려움으로 결혼을 기피하는 것에 찬성하고 싶지는 않다. 혼자 사는 것에 지쳐서 결혼하지는 말 것이고, 왕성한 호기심 때문에 결혼하지도 말 것이다. 사랑한다면 결혼하라! 남의 말만 듣고 결혼을 안 하고 후회하는 것보다 직접 겪어 실망한 뒤 후회하는 것이 아주 더 나쁘다고 말할 수는 없다.

사라짐에
대하여

———————

"달이 빛난다고 말해주지 말고,
깨진 유릿조각 위에서 반짝이는 한줄기 빛을 보여줘라."

안톤 체호프
(Anton Pavlovich Chekhov, 1860∼1904)

종일 가을비 내리고, 빈 들 빈 논이 다 잿빛인 채 젖는다. 모과나무 가지에서 떨어진 노란 모과가 풀밭에서 젖는다. 노란 건 노란 것대로 잿빛인 건 잿빛대로인 채 젖는다. 하릴없이 서성이며 가을비 내리는 걸 종일 내다보니 기분이 울적하다. 이 가을비와 함께 가을도 끝나리라. 며칠 새 산등성이를 붉고 노랗게 물들이던 단풍은 어느덧 다 졌다. 단풍 진 산빛 곱고 호수 가득 찰랑이던 물 푸르던 만추 무렵, 산길 걷는 일이 꿈결 같았다. 가을 끝나며 시리도록 누리던 안복眼福도 덧없이 부서져 사라지리라. 가을이여, 안녕! 해 진 뒤 뒷산 계곡에서 흘러내린 물이 저수지로 내려가는 하천에서 가창오리들이 꾸룩꾸룩 운다. 조류들도 겨울이 닥치는 게 스산하고 심란할 테다. 무서리 된서리 뒤 곧 북풍과 추위도 닥치고, 물이 꽝꽝 얼어 항아리가 깨지는 날도 있으리라.

돌이켜보니, 화창한 봄날 프로야구 경기를 관전하러 데려가던 아이들은 내 슬하를 떠나 먼 나라에서 산다. 어렸을 때 초가지붕 틈에서 맨손으로 참새를 잡던 용맹한 외삼촌들은 다 세상을 뜨고, 시골의 늪지나 무덤가에서 보았던 장지뱀이나 흰반점무늬뱀도 멸종위기종이 되면서 보기 어렵다. 내가 힘을 보태지 않는데도 세월은 저 혼자 씩씩하게 흘러간다. 나는 울진 불영계곡의 금강송같이 살지 못한 걸 후회하지 않는다만 열혈청년 시절이 지나고 이념의

푯대와 노동 윤리가 희박해지면서 훌륭한 사람이 되리라는 희망은 난망해졌다. 분한 마음이 없는 건 아니지만 어쩔 수 없다. 더이상 햇살의 칼날을 휘두르지도 않고, 망루의 노래를 소리 높여 부르지도 않는다. 청년 시절에 견줘 뼈가 약해지고 관절들이 헐거워진 탓이다. 더 나은 세상이 오리라는 기대를 버렸더니 번민과 괴로움도 부쩍 준다. 세상은 그럭저럭 살 만하다. 아침에는 피를 한 점 뽑아 공복시 혈당수치를 잰 뒤 사과 한 알과 호박죽을 먹고, 더러는 팥밥과 팥죽을 먹고, 날마다 책이나 읽고 몇 문장을 끼적이며 사는 것이다.

소년 시절, 한동안 우표 수집에 열을 올렸다. 우표를 모으고 운모가 박힌 돌과 알록달록한 구슬들도 모았다. 용돈을 모아 사들인 우표들은 수집의 기쁨을 알게 해주었지만 이 소중한 것들을 짝사랑하던 여자애의 남동생에게 조건 없이 넘겨주었다. 책상 서랍에 뒹굴던 그 아름다운 돌과 구슬들도 어디론가 다 사라졌다. 뭔가를 모으고 들여다보는 일이 덧없고 무익한 열정이라는 걸 깨달았다. 헌책방을 순례하며 흠모하는 작가들의 초판본을 사 모았으나 그것마저 손에서 놓았다. 한때 심장이 떨릴 정도로 큰 기쁨이던 수집벽은 옛일이 되었다. 세월과 함께 취향도 변하고, 입맛도 변하는 법이다. 내륙에서 나고 자란 탓에 비린 걸 먹지 못했는데, 지금은 갈치조림을 먹고, 간고등어를 구워먹고, 대구탕도 떠먹고, 이제는 나이도 먹을 만큼 먹었다.

1970년대 초반, 서촌의 한 적산 가옥 2층 창가에서 밖을 내다보는 사내가 있었다. 지병이 있었던가. 사내는 병색 짙은 창백한 얼굴로 말없이 창밖을 내다보며 죽으면 죽으리라고 생각했을까. 나는 가방을 들고 그 적산 가옥 앞을 지나는 상업고교 학생이었다. 노란 개나리꽃이 만발할 무렵에는 학교 가기가 싫었다. 가방에는 헤르만 헤세의 소설들이 들어 있었다. 수업시간에 교과서 아래 『데미안』이나 『수레바퀴 아래서』 같은 소설을 펴놓고 읽었다. 일요일에는 버스를 타고 안양 유원지로 놀러갔다. 그때 심중에 품고 생각하는 것만으로도 마음의 금琴이 떨리던 여인을 품었던가. 나는 한나절을 유원지 안팎을 어슬렁거리다가 돌아왔다. 그 시절 안양은 서울에서 아주 먼 곳이었다.

불쑥 장년기로 들어섰다. 청년 시절 펼쳤던 사업은 접고, 나이 든 어머니와 아버지는 돌아가셨다. 서울을 떠나 시골에 집 짓고 내려가 살며 죽음에 대한 상념에 빠져드는 버릇이 생겼다. 다른 사람도 그런가? 동물은 죽음 자체를 사유하지 않는다. 인류의 열등한 형제들은 태어나고 먹이 활동을 하다가 때가 되면 죽는다. 그저 운좋은 동물들만 제 씨앗을 퍼뜨린다. 인간만이 기하학과 대수학을 공부하고 예체능을 익히며, 보잉 747, 인공지능 로봇, 아이

팟 따위를 제조하고, 제 몸의 유전자 지도를 완벽하게 해독한다. 오직 인간만이 직립보행을 하며 저멀리에서 어른거리는 제 죽음을 인지하며 그것을 사유의 대상으로 삼는다. 그렇다고 인간이 동물보다 더 위대하다고는 말할 수는 없다.

오, 누가 내게 말해나오. 공중의 달이 뿜어내는 빛과 땅 위의 깨진 유릿조각 위에서 반짝이는 한줄기 빛은 어떻게 다른가? 내 인생의 빛나던 달은 어디로 사라졌는가? 한때 빛나던 것은 그 자취 흐릿하고 빛 잃은 꿈은 깨진 유릿조각마냥 함부로 나뒹군다. 지상에 술집들이 늘어나는 것은 삶의 덧없음에 실망한 자들을 위로하기 위함이다. 세월이 흐르면서 마부, 굴뚝청소부, 신기료, 문선공, 밀주업자, 신앙촌 간장이니 빨간 내복을 팔던 이들이 감쪽같이 사라졌다. 그새 많은 직업들이 없어졌구나. 나는 더이상 자살을 꿈꾸지도 않고, 기성 질서를 바꾸고자 무모하게 저항하지도 않는다.

다시 오지 않을
가을에 대하여

———————

"고니도 여러 여름 뒤에는 죽는다.
나만 홀로 잔인한 불사不死의 운명으로 타들어간다.
여기 세상의 적막한 한끝에서 그대 팔에 안겨 천천히 시들어간다.
영원히 침묵하는 동녘의 공간. 첩첩한 안개,
빛나는 아침의 궁전에 흰머리의 허깨비로 방황하면서."

알프레드 테니슨
(Alfred Tennyson, 1809~1892)

여름옷을 빨아 장롱에 간수하고 가을옷을 꺼낸 게 엊그제 같은데, 어느덧 가을은 끝자락이다. 물속에 손을 담그다가 얼음같이 찬 물의 감촉에 화들짝 놀란다. 영동 산간의 기온이 영하 7, 8도까지 떨어지고 첫 얼음 소식이 날아든 지 오래다. 내설악 골마다 색색으로 물들이 휘황하던 단풍 다 지고, 공룡능선에는 첫눈 쌓여 부지런한 이들은 이 숫눈을 밟고 지나갔다. 오늘 아침엔 서울 기온이 영하로 떨어지며 몸은 춥고 마음은 스산했다. 낙엽을 몰고 다니는 찬바람이 옷깃을 파고들 때 몸은 춥고 마음이 시렸던 것이다. 겨울 내의와 두터운 겉옷을 입는 계절이 돌아왔다.

늦가을 밤은 무정물無情物에 가까운데, 죽은 것은 말할 것도 없고 산 것도 파동을 일으키지 않는다. 대지의 인고하는 몸이 낳고 기른 살아 있음 자체가 '무'로 가라앉는다. 오래전 일이다. 늦가을 객지의 여관방에서 가느다란 식물적 감각과 반의식半意識으로 누웠는데, 옆방에 사람이 들었는지 말소리가 들렸다. 자정 너머 두런거리는 말소리는 불분명해서 나, 니, 너, 그 하는 말끝의 단음절들만 겨우 귓바퀴에 잡힌다. 저이들은 살아 있구나! 그 찰나 마음은 뜻 모를 울컥함에 사로잡힌 채 무정물에서 유정물로 돌아간다. 그이들은 어디에서 오고, 무엇을 하는 사람들일까?

가난한 집 아이같이 맨발로 찬 서리 밟고 눈길을 내달릴 어린 들쥐들은 춥겠지. "빈 밭에 밤바람 소리 말을 달리고"(정지용), 회색빛 하늘에서 푸슬푸슬 쌀가루 같은 눈도 내리겠지. 한밤중 책 읽다가 귀기울이니 귀뚜르르, 귀뚜르르르 우는 귀뚜라미 소리가 귓바퀴에 고인다. 귀뚜라미는 가을밤의 단골손님이다. 저 울음소리 낭랑한 귀뚜라미는 가문 대대로 곡비哭婢였으리! 귀뚜라미여, 나 죽은 뒤 심심하지 않게 내 무덤가에서 와서 울어다오. 하이쿠 시인 이싸는 "내가 죽으면 무덤을 지켜주게, 귀뚜라미여"라고 썼지. 귀뚜라미 숨어 우는 구멍을 찾아 그 앞에 먹잇감을 놓아둘 일이다. 받아두게, 자네에게 선불하는 품삯이라네!

초겨울로 접어들 무렵 별자리도 여름과는 미묘하게 달라진다. 그 변화는 확연하지 않아 사물을 세심하게 볼 줄 아는 사람만이 알아챌 수 있다. 머리 위에서 제 궤도를 도는 별자리를 올려다보라. 건조하고 기온이 낮을수록 별자리는 더욱 선명해진다. 페가수스자리, 안드로메다자리, 남쪽물고기자리는 빛이 밝아 식별이 어렵지 않다. 그 옆에는 물병자리, 페르세우스자리, 물고기자리, 염소자리, 고래자리, 양자리들이 빛난다. 그러나 삼각형자리, 조랑말자리, 도마뱀자리는 그 빛이 희미한 탓에 찾기 어렵다. 저 무한천공에 펼쳐진 별자리는 궤도를 따라 질서정연하게 움직인다. 지상의 나고 죽는 것들에 무심한 시선을 던지며 천공운행天空運行하는 별들이여, 너희들 참 아름답구나.

흙에서 난 것은 모두 흙으로 돌아간다. 태어나고 살다가 죽는 게 사람의 일이다. 우리는 죽어서 원자로 돌아가는데, 그 잠깐 사이 잠과 망각으로 이루어진 시간을 가로지른다. 인생이란 먼 곳에서 왔다가 다시 그곳으로 회귀하는 여정이다. 가을이 지나면서 초본식물은 시들고, 겨우내 대지는 얼어붙는다. 봄에는 말랑말랑해진 땅거죽을 밀고 새싹이 돋았는데 난 것은 가고 간 것은 돌아온다. 생명들이 번성하는 자연에서 가고 오는 것이나 죽고 사는 건 한 이치 속에서 닮아 있다. 파도는 왔다가 돌아가며 달은 하현으로 여위었다가 보름에는 부푼다. 만물은 이것을 되풀이하고, 다만 후회와 한숨으로 이루어진 인생은 한번 흘러가면 돌아오지 않는다. 또하나 되풀이하지 않는 것! 가을걷이 한창인 밭에서 무를 뽑던 농부에게 길을 물으니 황량한 들녘 저 건너를 가리켰던 일이다.

동지에 가까워지면 밤은 더욱 어둡고 싸늘하다. 이미 도라지꽃 지고 구절초도 다 졌다. 후박나무와 모과나무는 단풍 든 잎들이 조락한 뒤 빈 가지로 서고, 찬 밤공기를 뚫고 떠오른 흰 달은 은화처럼 빛난다. 소나무 사이로 뜬 달이 기품 있고, 댓잎 서걱이는 대밭 사이에서 내다보는 달이 청초하기로는 으뜸이다. 갈색으로 무너진 풀숲에 달빛은 희고, 외지고 적적한 곳에서 달을 벗삼은 이는 달을 어여삐 여겨 창을 쉬이 닫지 못한다. 저 달 진 뒤 장강長江 위에 뜬 달도 자취를 감추고 사라진다.

아, 가을달이 저리도 걸음을 서두르는 것은 왜일까? 여보, 저 달도 곧 북풍과 눈보라가 몰려올 것을 아는 까닭에 저리 서두르는 게지. 물위에서 우아하게 떠 있는 고니도 여러 여름 뒤에는 죽는다고 한다. 산 것들은 그 어느 하나도 죽음을 피할 길이 없다. 이 밤 공중에서 차갑게 빛나는 달을 바라보는 나만 홀로 잔인한 불사의 운명으로 타들어간다. 오, 세상의 적막한 한끝에서 사랑하는 이의 팔에 안겨 죽어가는 이에게 영원한 안식이 주어지길 바란다.

지나온
인생에 대하여

"우리의 존재란
영원한 암흑 속에서 일어난 짧은 전기 누전에 지나지 않는다."

블라디미르 나보코프
(Vladimir Nabokov, 1899~1977)

어느 해 제주도에서 혼자 겨울을 났습니다. 파도 소리가 고막 가득 차오르던 서귀포에서 지낸 그 겨울이 왜 이토록 잊히지 않는 걸까요. 스물몇 해 전, 우산 고치는 사람, 땜장이, 방물장수, 칼 가는 것을 업으로 삼은 사람들이 있었지요. 주정뱅이, 허풍쟁이, 사기꾼들은 여전하지만 앞서의 직업군은 사라졌어요. 스물몇 해 전 나는 프랑스 어학원에 등록했어요. 인생이 재미가 없고 일에 지쳐갈 때였죠. 한국을 떠나 살고 싶었어요. 그해 내가 꾸리던 출판사에서 펴낸 소설책이 필화 사건으로 비화되어 작가인 M교수와 함께 구속되며 그 꿈은 사라졌습니다. 지루한 재판 끝에 두 달 만에 나왔어요. 12월 30일, 세모 분위기로 들뜬 그날 늦은 오후, 청계산 쪽 하늘은 납빛으로 낮게 내려앉고 푸슬푸슬 쌀가루 같은 눈이 내렸어요. 구치소에서 나와 희고 텁텁한 하얀 두부를 한입 베어먹었습니다.

새해가 오고, 나는 빈둥거리다가 세면도구를 챙겨 제주도로 내려갔습니다. 누군가 제주도행 비행기에서 나를 보았다면 마치 중차대한 업무라도 있는 듯 결기에 찬 표정이었겠지요. 실은 제주도에서 할 일은 아무것도 없었어요. 대중가요를 작곡하는 서귀포의 한 지인이 방 한 칸을 내주었어요. 일제강점기 때 제분공장으로, 해방 뒤엔 권투도장으로 썼다는 큰 부속 건물이 있었는데, 그

옆 작은 방에서 묵었어요. 마당 끝은 절벽이고, 그 아래는 바다였어요. 6·25 때 많은 이들이 절벽 아래로 떨어져 죽었답니다. 밤새 귀를 기울이면 파도 소리는 단조로웠습니다. 낮에는 서귀포의 거리를 기웃거리다가 영화를 보고 돌아오고, 저녁에는 지인의 식구와 조촐한 식사를 한 뒤 지인이 기타를 치며 부르는 노래를 들었어요. 이문세의 〈파랑새〉를 작곡한 그의 노트에는 미발표 곡들이 수백 곡이나 있었어요. 탁성으로 부르는 그의 노래에 귀기울이다가 새벽에 제분공장 옆방으로 돌아와 혼자 잠들었지요.

폭설이 내린 날, 소설가 K가 서울에서 제주공항에 내려왔습니다. 적설로 차량 통행이 통제되어 K는 공항에서 발이 묶였습니다. 그러나 중천에 해가 솟자 불과 두세 시간 만에 폭설이 감쪽같이 녹아 사라졌어요. 마치 마술을 부린 듯 도로에는 눈 한 점 없었어요. 서귀포로 건너온 K와 저녁을 먹고 얘기를 나눴는데, 무슨 얘기를 나눴는지 기억이 나지 않습니다. 실없는 농담이 전부였겠지요. K는 유쾌한 사람이고 말재간이 뛰어난 사람입니다. K가 무료하다고 서울로 돌아가고, 나는 한가로운 날들을 이어갔습니다. 우울하지는 않지만 아주 심심하게 겨울을 나던 제분공장 옆방에서 나는 인생의 결단을 내렸어요. 그건 밤마다 귓가에 퍼부어지던 파도 소리 때문일 겁니다. 그뒤 서울로 올라와 출판사를 정리하고, 그때부터 전업작가로 풍찬노숙의 삶을 살고 있습니다.

문화부 장관을 지내고 정치가로 입지를 굳힌 K의 얼굴이 뉴스에 자주 비쳤어요. 서귀포의 지인은 간혹 취해서 전화를 했는데, 그간 서귀포의 살림을 작파하고 서울로 올라왔고, 혼자 살며, 딸이 서울의 한 사립대학을 다닌다고 했습니다. 어느 때부턴가 전화가 끊겼는데, 알고 보니 암 투병을 하다가 죽은 겁니다. 그는 외로웠던 것이지요. 더 살갑게 대하지 못한 내 무심함을 자책했습니다만 그 시간은 길지 않았어요. 변명하자면, 인생의 가파름에 허덕이며 제 앞가림을 하기에도 바빴던 것입니다.

도처에서 밀레니엄의 시대 개막에 호들갑을 떨던 그해, 나는 서울 살림을 접고 경기 남단의 시골로 내려왔습니다. 저녁 무렵 너구리들이 출몰하고, 칠흑의 숲속에서 고라니들이 날카로운 소리를 내며 울었습니다. 나는 삽살개와 진돗개를 기르고, 봄에는 모란과 작약을 보며, 여름에는 모시 적삼을 입고 『장자』와 『도덕경』 따위를 읽고, 가을엔 바람이 저수지 물을 밀고 나가는 것을 보거나 바지런히 빨래를 해서 널고 다림질 잘하는 여인을 그리워하며 허랑허랑 세월을 보냈습니다.

서귀포에서 보낸 겨울이 지나고, 스무 번도 넘는 겨울이 훌쩍 흘러갔습니다. 그사이 벗들과 푼돈을 걸고 하던 주말의 포커 같은 유흥 일체도 끊고, 술과 담배, 대마초 같은 나쁜 습관에도 빠지지 않았습니다. 새벽에 차를 끓이고 더러는 명상도 하며 보냅니다. 노느니 장독 깬다고 책 몇 권을 읽고 날마다 몇 문장을 끼적입니다. 저술 목록이 꽤 길어진 것은 그 덕분이겠지요. 외로운 인간은 짐승 아니면 신입니다. 짐승이나 신이 교도소에 가는 일은 없을 테니까 두 번 다시 교도소에 가는 일 따위는 겪지 않았습니다. 나이들어가며 성욕과 기억력이 줄어, 이제 튤립 꽃같이 아름다운 여자를 무심히 봐 넘깁니다. 정수리께 귀밑머리가 하얗게 세고, 늙어간다는 점을 감출 수는 없습니다.

'세 라비C'est la vie.'
그렇지요, 이게 인생인 겁니다!

가만히 혼자
웃고 싶은
오후에 대하여

―――――

"잊지 말라,
대지는 당신의 맨발을 느끼며 기뻐하고,
바람은 당신의 머리칼을 만지며 놀기를 열망한다는 사실을."

칼릴 지브란
(Kahlil Gibran, 1883~1931)

추분 지났다. 바람이 선선해졌다. 책 읽고 글쓰기에 좋은 계절이다. 글쓰기는 여름 한철 나무에서 쉬지 않고 맴맴 우는 것과 닮았다. 매미는 땅속에서 7년을 굼벵이로 살다가 우화羽化한 뒤 보름쯤 나무에서 맹렬하게 울다가 죽는다. 매미가 나무에 달라붙어 맴맴 울어대는 것 말고 다른 선택은 없다. 종일 울어대는 것은 매미의 취향이나 여기餘技가 아니라 짝짓기를 해아 하는 본성의 준엄한 명령이다. 글쓰기는 의롭거나 멋진 일이 아니다. 글쓰기란 은퇴해서 연금생활자같이 놀멍쉬멍 쓰는 게 아니라 매미가 맹렬하게 울 듯이 하는 노동이다. 작가들은 약동하지 않는 천 개의 삶이 아니라 고되더라도 단 하나의 삶, 즉 유일무이한 창조의 삶을 선택한 사람들이다. 그게 아무리 힘들고, 심지어는 재앙이라 할지라도 그 고통의 심연에 기꺼이 제 몸을 던진다. 날마다 같은 시각 책상 앞에 앉아 작업을 하는 작가의 일상이란 얼마나 고통스럽고 단조로운가!

글쓰기는 시시포스의 노동에 견줄 수가 있다. 시시포스는 들판의 바윗덩어리를 산 정상으로 밀어올리는데, 바윗덩어리는 산 정상에 닿는 찰나 다시 굴러서 들판으로 내려간다. 시시포스는 다시 들판에 내려가 바윗덩어리를 산 정상으로 밀고 올라간다. 시시포스는 이 고단한 노동을 무한 반복한다. 다른 선택의 여지가 없는 노동이다. 이 굴레에서 벗어날 수 없으므로 이 노동은 가혹한 형벌이다. 작가에게 주어진 글쓰기 역시 이와 같은 천형이다. 천형은 자신이 선택한 것도 아니고, 피할 수 있는 것도 아니다. 작가들은 이 숙명을 받아들여 날마다 쓰는 일을 한다. 나 역시 시와 산문을 쓰고, 매체 청탁 원고를 쓰고, 출판사와 계약한 책의 초고를 쓰고, 서문이나 작가의 말을 쓰고, 남의 책에 실릴 발문을 쓴다. 실로 다양한 형식의 글을 새벽에서 정오에 이르기까지 쉬지 않고 쓰는 것이다.

작가마다 글 쓰는 시각은 다르다. 작가마다 작업 시간은 일정하지 않다. 테네시 윌리엄스나 어니스트 헤밍웨이는 날마다 새벽 6시에 쓰기 시작해 정오까지 썼다. 마거릿 영은 아침 8시부터 오후 5시까지 썼다. 잭 캐루악은 자정에 시작해서 동틀 때까지 책상 앞에 붙박인 듯 앉아서 척추를 꼿꼿하게 편 채 썼다. 수전 손택은 정해진 시간에 규칙적으로 글을 쓰지는 않았지만 글쓰기에 들어가면 한꺼번에 전력을 다해 몰아서 썼다. 작가마다 생활 조건이나 생체리듬이 다르니까 글 쓰는 시간도 다를 테다. 새벽을 선호하는 작가도 있고, 밤시간을 좋아하는 작가도 있다. 어느 시간대에 글을 쓰느냐 하는 것은 사소한 습관의 문제이다. 글쓰기는 에너지 소모가 많은 일이다. 따라서 오랜 시간 척추를 꼿꼿하게 세우고 앉아 있을 만큼 강인한 체력이 필요하다.

나는 새벽 4시에 시작해서 정오까지 쓴다. 새벽은 사람들이 잠을 깨기 전이라 글쓰기를 방해하는 요소들이 적다. 거실의 전화벨은 잠잠하고, 집 안은 정적으로 가득차 있다. 새들도 아직 깨어나기엔 이른 시각, 거리는 어둠에 감싸여 있고 자동차의 통행도 뜸하다. 외부의 소음이 없으니 사위가 고요하다. 책장을 넘기는 소리, 혹은 컴퓨터 자판을 두드리는 소리가 고요 한쪽을 일그러뜨린다. 나는 무작정 책상 앞에 앉아 어제 쓴 걸 읽고 그다음을 이어간다. 문장은 또다른 문장을 부르는 법. 한 문장이 나오면 다음 문장은 저절로 나온다. 나는 새벽마다 사유의 젖줄을 물고 호젓하게 앉아 문장을 써내려간다. 이럴 때는 대개 글쓰기에 몰입한 상태다. 몰입은 물아일체의 상태, 행복한 충만감을 느끼는 찰나다.

글 쓰는 시간에는 어떤 방해도 받고 싶지 않다. 물론 항상 글이 잘 써지는 것은 아니다. 한 줄 써놓고 다음 문장이 이어지지 않아 막막하면 책상 위에 책들을 잔뜩 쌓아놓고 뒤적인다. 모든 글들이 처음 마음먹은 대로 써지는 법은 거의 없다. 타니아 슐리의 『글쓰는 여자의 공간』에서 보면 2004년 노벨문학상을 받은 오스트리아 작가 엘프리데 옐리네크는 "책상에 앉았을 땐 그날 무엇을 써야 할지 어슴푸레 떠오를 뿐이다. 나중에 살펴보면 생각했던 것과는 전혀 다른 내용이 쓰여 있는 일도 적지 않았다"라고 한다. 글을 쓰다보면 몽골의 드넓은 초원지대를 헤매는 듯한 기분이 일 때도 있다. 아마 나만 그런 것은 아닐 테다. 어떤 작가는 새벽에 전화번호부나 신문 부고란을 뒤적이며 작품 주인공의 이름을 찾는다. 어떤 작가는 책상 위에서 연필을 깎으며 글쓰기에 돌입하기 전 번민하는 마음을 가다듬는다. 어떤 작가는 담배 연기와 차 향기 속에서 첫 문장을 써내려가기도 한다. 책상 앞에 있다고는 하지만 글 쓰는 시간보다는 빈둥거리며 멍하니 앉아 있는 시간이 더 길다. 나는 미지근한 마음을 덥혀 느릿느릿 더디게 한 줄 한 줄 써나가는 것이다.

지금은 한가롭고 평화스러운 가을 오후다. 나는 카페에 앉아 있는데, 탁자에는 랩톱이 놓여 있다. 나는 랩톱 자판을 두드리며 글을 써나간다. 글쓰기는 일종의 건축술. 글쓰기는 정교한 설계가 있어야 한다. 설계에 따라 기초를 다지고, 그 위에 뼈대를 세우고 지붕을 올린다. 좋은 설계도가 항상 좋은 결과를 낳는 건 아니다. 더러는 터무니없는 글이 나오는데, 그럴 때는 실망을 하고, 우울한 기분에 빠져 허우적거린다. 글쓰기는 시시포스의 노동이거나 헛된 영광을 위한 질주다. 그렇다고 전업작가로 나섰으니 이것을 피할 수는 없다. 여름에는 카페가 문을 여는 아침부터 정오까지 다섯 시간 정도 앉아서 글을 쓴다. 겨울에는 여름보다 조금 더 늦게 카페로 나온다. 어느 겨울 아침 흰 눈을 뒤집어쓰고 나와 정오 너머까지 글을 쓰다가 다시 흰 눈을 뒤집어쓰고 집으로 돌아간다.

글을 써서 생계를 해결하는 이 단순한 삶을 기꺼워하고, 보통 글을 쓰고 있을 때 내 마음은 기쁨으로 가득찬다. 이 행복감은 잘 익은 복숭아를 깨물어 먹을 때의 그것에 견줄 수가 있다. 나는 여름 과일들 중에서 복숭아와 수박을 좋아한다. 여름의 끝이 안타까운 것은 더는 복숭아를 먹을 수가 없게 되기 때문이다. 이 맛있는 복숭아를 먹으려면 한 해를 기다려야 한다는 사실이 안타까운 것이다. 알베르 카뮈도 복숭아를 좋아했다. 서른몇 해 전 그의 산문집을 읽다가 이런 구절을 만나고 얼마나 기뻤던가! 카뮈는 「티파사에서의 결혼」에서 이렇게 썼다. "과육에 이를 깊숙이 박고 나는 내 피가 쿵쿵 울리면서 귀에까지 올라와 전해지는 소리를 듣는다. 나는 두 눈을 활짝 열고 본다. 바다 위에는 정오의 엄청난 침묵. 아름다운 존재들은 저마다 제 아름다움에 대한 타고난 긍지를 지니고 있다. 세계는 오늘 온 사방으로 저의 긍지를 스며나게 한다. 이런 세계 안에서 무엇 때문에 내가 삶의 기쁨을 부정하겠는가? 그렇다고 삶의 기쁨 속에만 온통 빠져 있을 것도 아닌 바에는, 행복해진다는 것이 부끄러운 일은 아니다." 복숭아에 이를 박고 한 입 베어 물면 턱 아래로 흘러내리는 과즙, 그리고 바다 위에는 정오의 빛과 침묵이 내리는 것이다. 이 찰나의 행복을 무슨 이유로 뒤로 미루겠는가? 내가 랩톱 자판을 두드리는 일을 잠깐 멈추는 것은 들고 온 책을 펼칠 때뿐이다.

가을이 저 안쪽에서부터 깊어간다. 바람이 분다. 아아, 다시 살아봐야겠다! 가을 오후, 마음의 근심들을 내려놓고 책을 읽다가 혼자 웃는다. 얼굴이 환해지고 입가에는 절로 웃음이 떠오른다. 무르익은 석류 열매가 터지고 야산 언덕에 구절초가 흐드러진 이 계절이 좋다. 가을밤은 일찍 오고, 창가에 등불을 밝힌 채 귀뚜라미 우는 소리에 귀를 기울이며 책을 읽을 때, 아아, 이 가을, 내가 살아 있음이 미칠 만큼 좋다.

2부

걸어본다

떠돎에
대하여

"조국에 애정을 느끼는 사람은 향락주의자다.
온 대지가 조국인 사람은 이미 용기 있는 사람이다.
하지만 온 세계가 유배지인 사람은 완벽한 사람이다."

위그 드 생-빅토르
(Hugues de Saint-Victor, 12세기 색슨계 수도사)

봄비가 며칠을 연이어 한가롭게 내린다. 남녘 동백꽃이 비바람에 다 졌다. 입춘 지난 뒤 봄비는 언 땅을 두드려 깨우고 묵은 씨앗들을 깨운다. 대지에서 깨어난 씨앗들이 곧 싹을 틔우고 꽃을 피우리라. 오, 생명의 물이여. 물 듬뿍 먹은 땅 밑에서 작약의 움이 터 올 때 나는 가슴이 두근거린다. 곧 모란과 작약이 꽃을 피우면 몸에 45리터의 물을 지니고 사는 나를 행복하게 만들 것이기 때문이다. 몸무게가 60킬로그램인 성인 남녀는 평균 45리터의 물을 혈관, 뼈, 오장육부 속에 꽉 움켜쥐고 살아간다. 물은 지위, 재산, 권력과 상관없이 날마다 입을 통해 들어와 몸에서 순환하고, 일부는 땀과 오줌으로 나간다. 내가 걸을 때마다 이 물은 내 몸속에서 출렁인다. 나는 걸어다니는 작은 바다다.

이맘때마다 봄을 시샘하는 꽃샘추위가 닥친다. 꿈꾸는 봄날의 곰같이 나는 거실에서 꼼짝도 하지 않고 책이나 뒤적이며 보낸다. 이 지구에 사는 사람들 중 5억 명 이상이 새벽같이 일어나 지하철, 기차, 버스를 타고, 혹은 자가용이나 자전거를 타고 직장으로 나간다. 출퇴근은 직장에 매인 이들의 일상이다. 이는 산업혁명과 철도가 중요한 교통수단으로 등장하면서 나타난 현상이다. 많은 이들에게 출퇴근은 날마다 치르는 고역이지만 일부는 출퇴근을 하면서 삶의 새로운 가능성을 움켜쥔다. 출퇴근이 '길에 시간을 버리는' 무위와 지루함을 겪는 낭비와 헛수고만은 아닌 것이다. 이언 게이틀리는 『출퇴근의 역사』에서 "집에 불을 피울 땔감을 구해오는 여정에 쓰는 시간을 낭비나 헛수고라고 말할 수는 없다. 우리는 통근 덕분에 이중의 삶을 영위할 수 있다. 즉 집에서는 배우자이고 부모이고 반항하는 자식인 동시에, 일터에서는 효율성의 화신으로 특유의 초연함과 침착함과 합리성으로 존경받는 일이 가능해진 것이다"라고 지적한다. 대중교통으로 출퇴근을 하는 이들은 날마다 낯선 사람을 자연스럽게 만난다. 출퇴근이 일상의 일로 굳어지면서 삶의 방식과 연애 풍속도를 크게 바꾸어놓는다. "그들은 더이상 땅에 묶여 있지 않았고, 예전보다 빨리 부모에게서 독립했으며, 매년 한 번 있는 마을 축제 때만이 아니라 매일매일 낯선 사람들을 만났다. 또한 그들은 자기 배우자감이 인접한 곳에 농토를 갖고 있는지 따위를 고려할 필요가 없었다. 관습도 변했다. 남자는 여자의 아버지가 아니라 여자에게 직접 청혼하게 됐다." 출퇴근 관습으로 말미암아 생활 문화 전반에 변화와 함께 낯선 모험의 기회들이 생겨났다. 늘 정체하는 도로로 출퇴근하는 자들은 '노상분노路上憤怒' 같은 예전에 없던 스트레스와 정서장애 등을 겪지만, 교외 지역에 살며 도심의 직장에 출퇴근하는 덕에 단조로움과 권태에서 벗어나 "도시 쥐의 분주함과 시골 쥐의 느긋함을 모두 누릴 수 있게 된 것". 출퇴근이 예전 방식의 노동 예속에서 해방을 주고 새로운 기회의 자유를 가져다준 셈이다.

이 세상은 두 부류의 사람들로 나뉜다. 날마다 자기 상점이나 회계사무실이며 직장에 출근하는 자들과 자기집에 머물며 출퇴근을 하지 않아도 되는 자들. 어느 쪽의 삶이 더 낫다고 말하기는 어렵다. 출퇴근을 하는 이들에겐 그들만의 리듬이 있고, 출퇴근을 하지 않는 이들에겐 또다른 삶이 펼쳐질 것이기 때문이다. 출퇴근하는 사람들은 대개 안정적으로 월급이나 수당을 받고 그 사회에 단단한 생활의 토대를 만들 가능성이 크다. 반면 자기 시간의 상당 부분을 직장에서 써야 하는 탓에 늘 자신이 업무에 예속되었다는 느낌에 빠질 수가 있다. 출퇴근하지 않는 이들은 더 낮고 불규칙적인 수입으로 생활을 꾸릴지도 모른다. 덩달아 삶의 기반도 취약할 수가 있다. 하지만 어디에 매이지 않은 덕에 자율적으로 제 시간을 운용한다면 시간을 제 방식대로 온전하게 쓸 가능성이 더 커진다.

어쨌든 나는 아침에 서둘러 직장에 출근을 하는 대신 신문을 읽거나 사과 한 알을 먹으면서 시간을 보낸다. 그리고 내 마음이 내킬 때 책상 앞에 앉아 글을 쓴다. 글 쓰는 게 나의 일이다. 나는 글을 써서 생계에 필요한 돈을 번다. 어떤 곳에도 매이기를 싫어하는 사람이니, 내 방식대로 시간을 꾸리는 이 느슨하고 자유로운 삶을 좋아한다. 이런 방식의 삶에서는 옛 수공업자들이 그랬듯이 시간의 강제적 통제에서 벗어나 노동을 나에게 맞출 수가 있다.

나는 사회가 만들어낸 시간의 규범, 혹은 시간 계획 밖에서 삶을 꾸리는 탓에 시계를 볼 필요가 거의 없지만 많은 이들은 사회화한 시간에 매여 늘 초조하게 시간을 들여다보며 살아간다. 오늘의 우리가 겪는 시간의 권력은 항상 현재에 집중한다. 뤼디거 자프란스키의 『지루하고도 유쾌한 시간의 철학』에 따르면 이 말은 "과거를 저장하고 미래를 경영하며 시간 사건들의 촘촘하게 짜인 네트워크를 현재에 씌우는 것"을 뜻한다. 지금 이 세기를 사는 이들은 대개 정밀하게 짜인 시간 계획의 통제 아래 놓인다고 말할 수 있을 것이다. 직장의 출퇴근이나 상품의 제조와 출시는 말할 것도 없거니와 여가 계획마저도 시간의 통제 아래에서 이루어진다. 그리고 이 시간의 통제 아래서는 늘 시간이 부족하다. 가속화하는 시간에 사로잡혀 부족한 시간에 허덕이는 사람들은 자기가 죽을 시간조차 내지 못하리라.

봄의 시작과 함께 제비같이 따뜻한 날씨를 좋아하는 철새들이 무리 지어 날아온다. 이 철새들은 봄날의 진객이다. 철새들은 제 뼛속까지 비운 채 수만 킬로미터를 날아가 새로이 살 곳을 구한다. 그렇다고 그 새들이 행복하지 않다는 증거도 없다. 집을 짓지 않고 사업을 벌이지도 않으며 온 세계를 제집 삼아 여기저기 떠돌며 사는 철새들은 잘 먹고 잘 산다. 나는 그 철새처럼 살고 싶었으나 그러지를 못했다. 나는 12세기 색슨계 수도사 위그 드 생-빅토르가 처음 말하고 에드워드 사이드가 책에 인용하면서 널리 알려진 문장을 품고 살았을 뿐이다. "조국에 애정을 느끼는 사람은 향락주의자다. 온 대지가 조국인 사람은 이미 용기 있는 사람이다. 하지만 온 세계가 유배지인 사람은 완벽한 사람이다." 온 세계를 다 자신의 조국으로 알고 유배지로 삼는 존재들! 그들의 자유만이 완벽하다.

지구 자기장으로 방향을 가늠하며 날아가는 철새들과 국경을 넘어 떠도는 배낭여행자들은 한군데 정주하지 않고 떠돌며 산다는 점에서 닮았다. 세계를 떠도는 것은 호모 노마드homo nomade다. 역사를 살펴보면 호모 노마드들이 세계를 바꿨다. 인류의 삶을 바꾼 불, 사냥, 언어, 농경, 목축, 연장, 제식, 예술, 계산, 바퀴, 글씨, 법, 시장, 항해, 신, 민주주의 같은 중요한 것들을 발명한 것도 호모 노마드다. 세계 이곳저곳을 떠돌며 사는 호모 노마드는 소유하지 않은 것들로 불행해지는 법이 없다. 중요한 것은 자유로운 삶을 구하고 그에 따라 사는 것이다. 결국 많은 것은 작은 것이요, 작은 게 큰 것이다. 가진 게 많을 때 덜 자유롭고 가진 게 적을 때 잃을 것도 없는 것이기 때문이다.

밤과
꿈에
대하여

———————

"우리 삶의 절반은 귀한 한 덩어리의 흑요석 안에서 다듬어졌다.
엄마의 배 속, 매일 찾아오는 밤들, 그리고 죽음."

크리스티안 생제르
(Christiane Singer, 1943~2007)

해 진 뒤 사위의 빛이 엷어지면서 집과 마당, 마당 너머에 있는 풀밭과 숲은 회색빛 그늘에 잠긴다. 이 세상에 와서 처음 맞은 이 시각의 고요함을 가장 좋아한다. 땅거미 지고 어둠이 넓어져서 사위를 뒤덮고, 동쪽 하늘에 오리온 좌座가 떠오를 때 밤은 커다란 검정 날개를 펼친다. 저 대지에 드리운 어둠은 불을 켜라는 우주의 신호다. 밤은 불을 켜는 시각이다. 나는 거실에 등을 밝히는데, 빛이 거실의 어둠을 무찔러 몰아낸다. 오징어나 나방들이 불꽃에 이끌리듯이 나는 빛에 이끌리며 편안함을 느낀다. 하지만 백열전구가 나오면서 어둠은 어둠으로만 있을 수 없게 되었다. 밤의 어둠이 빛에 침식되면서 어둠의 지형학이 심하게 뒤틀린 것을 부정할수는 없다.

거실을 밝히던 불을 소등하면 주변은 이내 깜깜한 어둠에 잠긴다. 어둠 속에 있을 때 불빛은 아련해진다. 시골에 막 살림을 꾸렸을 때만 해도 집 주변에 인공조명이 전무하고 논밭뿐이니 숨막히는 듯했다. 그 밤들이 두렵고 불안해서 오래 잠을 이루지 못하고 서성거렸다. 얼마 지나지 않아 한 치 앞도 볼 수 없는 어둠에서 나는 두려움과 더불어 도시에서는 알 수 없었던 밤의 온전함을 느끼게 되었다. 하늘엔 무수한 별들이 빛나고, 땅과 숲은 어둡다. 어둠은 논과 밭, 숲, 산과 저수지, 구불구불한 길마다 그 농도가 다르다. 어둠의 농도는 장소마다 다르고 계절마다 다르다. 모란과 작약 꽃이 피던 봄밤의 어둠과 유성우가 쏟아지던 초겨울 밤의 어둠은 달랐다.

시골에서 내 감각을 가장 먼저 직격하고 들어온 것이 이 어둠이다. 아무것도 섞이지 않은 순도 100퍼센트의 어둠이라니! 넓고 깊게 대지를 내리누르는 듯한 어둠 속에서 나는 태초의 밤도 이와 크게 다르지 않았을 거라고 짐작했다. 깊고 견고한 어둠이 우주에 드리우고, 아무 생명체도 없는 텅 빈 밤들이 지속되면서 대지는 기괴한 무생명의 고요로 뒤덮였다. 긴 시간이 흐른 뒤 비로소 낮과 밤이 나뉘고, 바다는 출렁대고, 숲에서 각종 초목과 이끼식물들이 자라났다. 낮과 밤의 구분이 또렷해지면서 지구에는 여러 생명들이 나와 번성했다. 더 긴 시간이 흐른 뒤 밤은 낮과 주기적으로 교대하면서 안정되었다. 오늘날과 같은 낮과 밤의 규칙적인 순환 주기가 나무 생장이나 양서류의 번식 주기에 영향을 미치는 것은 잘 알려진 바다.

생각이 많은 영장류에게 밤은 고독한 은신처다. 귀뚜라미는 구석에 숨어 울고, 나는 귀뚜라미 울음소리에 귀를 기울인다. 귀뚤 귀뚤. 귀뚜라미는 아주 오래된 밤의 벗이다. 동지 너머 밤들은 더욱 그렇다. 성능 좋은 망원경 덕분에 희미하게 반짝이는 29등성

별까지 볼 수 있지만 밤하늘에는 여전히 육안으로 볼 수 있는 별보다 보지 못하는 별들이 훨씬 더 많다. 밤하늘은 별들의 거대한 무덤이다. 동지 너머 유성우가 내리던 밤 마당에서 담요를 뒤집어 쓴 채 누워 별똥별들이 빗금을 긋고 사라지는 걸 오래 봤다. 수억 년 동안 얼마나 많은 별똥별들이 공중에서 빗금을 그으며 떨어졌을까? 아무도 그 숫자를 알 수 없으리라. 수억의 인류가 태어나고 죽어서 사라지는 것만큼이나 별똥별이 지는 것은 우주 안에서 예사로운 일이다.

시골에서 첫 겨울을 맞을 때 긴 밤마다 경미한 우울증에 시달렸다. 저 중세의 사람들조차 어둠 내린 뒤 모여서 음식을 먹고 노래하고 춤을 추며 사교생활을 이어갔지만 나는 시골에 격리된 채 세상의 낙오자가 된 느낌과 재기불능에 빠져 무력하게 깊은 나락으로 추락한다. 나는 밤의 어둠에 갇혀 무인도처럼 고립되었다는 생각에서 헤어나오지 못했다. 나는 왜 여기에 와 있나? 당신은 참 멀리도 있구나. 사랑하는 이여, 당신은 왜 나와 함께 있지 않고 멀리 있는가? 변방에 유배된 자의 밤은 쓸쓸하고 외로웠다. 게다가 밤은 망상 속에서 온갖 헛것들을 불러온다. 어둠을 틈타 빗자루가 얼굴이나 다리가 없는 귀신으로 변하고, 피를 빨아먹는 흡혈귀들이 도처에서 출몰해 활개를 친다. 그것들은 내 창문을 말없이 기웃거리다가 돌아간다. 귀신과 마녀와 흡혈귀들은 기독교와 양초

만으로 물리칠 수는 없다. 혼자 있는 밤에 나는 자주 등골이 오싹해지는 공포를 견뎠다.

시골에서 잃어버린 밤을 되찾는 망외의 소득도 있었다. 칠흑의 어둠 속에서 시각은 무뎌지고 청각이 예민해진다. 어둠의 한가운데서 밤나무 숲을 흔드는 바람 소리, 고라니가 허공을 향해 내뱉는 날카로운 울부짖음, 풀섶에서 우는 풀벌레 울음소리들이 귓바퀴 안으로 밀려들어와 고막을 때린다. 나는 불을 끈 채 어둠 속에 가부좌를 하고 앉아서 명상을 했다. 단전에 힘을 모으고 날숨과 들숨에 정신을 집중한다. 귓바퀴에 이는 바람 소리, 바람 소리, 바람 소리. 추골, 침골, 등골은 인체의 가장 작은 뼛조각들인데, 이것들은 청각적 기적을 이루는 데 꼭 필요한 것들이다. 나는 온갖 소리의 향연 한가운데 앉아서 우주적 상상력에 빠져든다. 머릿속에 헛것들이 날뛰다가 지쳐 서서히 잦아든다.

밤은 밤으로 온전하다. 밤은 벗들과 함께 흥청망청 먹고 마시기에 좋다. 그래서 어떤 이들에게 밤은 흥겨운 축제의 시간이다. 밤은 지친 몸을 뉘고 혼절한 듯 잠들기에 좋다. 또 어떤 이들에게 밤은 사랑을 나누고 수태를 하는 시간이지만 다른 한쪽에서는 정신이 갈가리 찢긴 채 곤두선 신경으로 잠 못 이루며 괴로워하는 불면자들이 있다. 밤새 잠들기 위한 전쟁을 치르며 생명 에너지를 고갈시키는 이들은 깊고 아늑한 잠이 삶의 질에 얼마나 깊이 관여하는가를 잘 안다. 불면으로 잠 못 들어 괴로워하는 이들은 낮 동안 비몽사몽으로 지내면서 여러 일정들이 뒤죽박죽으로 뒤엉키는 사태를 자주 겪는다.

우리 생에서 얼마나 많은 일들이 밤에 일어나는가. 밤은 우리 실존의 반을 빚으니 밤을 배제한다면 삶의 반도 사라질 테다. 어둠이 깊어지고 별이 뜬 뒤 들과 숲속을 휘젓고 다니며 먹잇감을 사냥하는 야생동물에게 밤은 생존을 위해 펼쳐진 무대다. 어둠을 머금은 하늘에 수백 마리의 박쥐들이 군무를 추며 어지럽게 날고 부엉이들이 둥지에서 나와 날카로운 부리를 가다듬으며 사냥 준비를 할 때 숲속엔 고양잇과 동물들이 눈에 불을 켠 채 먹잇감을 노리며 재바르게 움직인다. 야생동물의 송곳니와 날카로운 발톱은 작은 짐승의 몸통을 찢으며 벌겋게 피로 물든다. 밤의 무시무시하고 잔혹한 살생은 야생에서 빈번하고 예사로운 일이다. 부엉이가 들쥐를 잡아채고, 들고양이는 작은 새들을 낚는다. 들쥐나 작은 새는 허공에 마지막 비명을 남긴 채 더 큰 짐승의 먹잇감으로 사라진다.

낮과 밤은 수백만 년에 걸쳐 규칙적으로 되풀이하는데, 인류와 지구 생명체들은 일출과 일몰, 낮과 밤이 교차하며 바뀌는 이 세계에 적응하며 살아왔다. 낮과 밤은 생명의 번성에 저마다의 방식으로 기여한다. 빛이 넘치는 낮은 낮대로, 어둠이 지배하는 밤은 밤대로 필요하다. 하지만 인공조명으로 침식된 밤은 생체의 교란을 부른다. 즉 어둠 속에 있을 때만 생겨나는 인체의 멜라토닌 생성이 방해를 받는다. 지나친 인공조명 속에 있을 때 인체는 밤을 낮으로 오인하고 멜라토닌 생성을 하지 않는다. 전깃불과는 달리 달이나 별, 양초의 불빛들은 광민감성 망막 신경을 크게 자극하지 않고 생체리듬의 교란 따위도 일으키지 않는다. 빛의 과잉으로 생체리듬의 교란을 겪는 사람은 그렇지 않은 사람에 비겨 훨씬 더 높은 암 발생률을 나타낸다고 의학자들은 경고한다. 밤은 어둠으로 온전한 밤이 되어야 하고, 밤의 어둠을 자연스럽게 받아들여야 한다.

해가 지평선 너머로 사라지고 또다른 밤이 다가온다. 지구가 자전自轉하기 때문에 밤은 가고 또다른 밤이 온다. 몇만 년 동안 지속된 우주의 순환 질서다. 해 질 무렵 해가 뿜어내는 노란 불빛들이 서쪽 하늘을 물들이는데, 안타깝게도 그 자양분 가득한 빛은 오래 머물지 않는다. 해는 곧 지평선 너머로 사라진다. 내 손목시계는 고장나 멈췄지만 나는 이 시각을 정확하게 가늠할 수 있다. 어둠이 짙어지며 게자리와 물고기자리 사이에서 한 무리의 작은 별들이 희미한 빛을 내며 반짝인다. 달그림자와 이슬을 밟고 서 있던 그 찰나 뒤늦게 이 밤이 내가 겪은 이전의 어떤 밤과 다르다는 사실을 깨닫는다. 놀라워라, 인류는 항상 모든 밤을 단 하나의 밤으로 겪어내는 것이다.

혼자에
대하여

"우리의 불행은 거의 모두가
자신의 방에 혼자 남아 있을 수 없는 데서 비롯한다."

파스칼
(Blaise Pascal, 1623~1662)

사람은 혼자 태어나서 살다가 혼자 죽는다. 혼자라는 걸 깨닫는 순간 누구나 외로움을 느끼는데, 그런 탓에 주변에서 "외로워, 외롭다구!"라고 입버릇처럼 말하는 이들을 찾는 일은 어렵지 않다. 외로움은 실존에 드리워진 불가피한 그림자다. 그래서 철학자들이 실존적 고독에 대해서 그토록 자주 말했을 테다. 나는 이십대 초반에 읽은 장 그르니에의 『섬』의 몇 구절을 금과옥조처럼 가슴에 새긴 채 살아간다. "혼자서, 아무것도 가진 것 없이 낯선 도시에, 도착하는 공상을 나는 몇 번씩이나 해보았었다. 그리하여 나는 겸허하게, 아니 남루하게 살아보았으면 싶었다. 그러나 무엇보다 그렇게 되면 나는 비밀을 간직할 수 있을 것이다." 그렇다, 낯선 지방에서 혼자 꾸리는 삶에서 비밀 몇 개를 품은 채 완전한 자유를 누리리라는 기대를 아직까지 품고 살아간다.

또다른 측면에서 사람은 사람 속에서 비로소 사람으로 빚어진다. 타자의 도움 없이는 혼자 살 수 없다는 뜻이다. '인간은 사회적 동물이다'라는 오래된 명제가 가리키는 것도 바로 이 지점이다. 우리는 저마다 삶을 꾸리면서 동시에 무수한 점들로 흩어진 타인들과 사회적 관계망을 이루며 살아간다. 사회적 관계망을 배제하고 외톨이로 사는 삶이란 상상할 수 없다. 누군가와 짝을 이뤄 연애를 하고 결혼을 하는 까닭도 혼자의 외로움에서 벗어나 정서적 공동체를 이루려는 욕망에서 비롯된 일일 테다.

예전에는 혼자 밥 먹거나 혼자 술 마시는 이들이 드물었지만
요즘에는 원룸에서 혼자 살며 혼자 밥 먹고 혼자 술을 마시며 사
는 젊은이들이 드물지 않다. 이른바 '혼술'이나 '혼밥' 하는 '싱글
족'이 늘면서 이런 풍속이 사회 문화의 한 현상으로 떠오른 것이
다. 혼자 술 마시고 밥 먹는 이들이 늘어난 것은 '1인 가구'의 증
가와 불가피한 상관이 있을 테다. 2015년 통계청이 내놓은 보고
서에도 '1인 가구'가 25퍼센트에 이른다고 나온다. '1인 가구'가 늘
어난 것은 결혼을 비혼非婚 문화의 확산이나 가족 해체의 영향으로
파생된 '혼자 살기'가 큰 줄기의 사회 문화적 흐름임을 방증한다.

혼자 밥을 먹고 술을 마시는 사람들이 다 혼자 있고 싶은 것이
아닐지도 모른다. "혼자 있고 싶지 않아 더이상 나 혼자가 아니기
를……"(제이미 오닐, 〈All by myself〉)이라는 노랫말이 그들의 속내
를 대변한다. 나와 함께 밥을 먹거나 술을 마실 수 있는 사람이 없
을 때는 어쩔 수 없다. 혼자 밥 먹고 술 마시는 것은 자발적 의지
나 취향의 문제가 아니다. 그들에게는 독립과 자율이 실존적 선택
이 아니라 불가피한 일이다. 이렇듯 원하지 않음에도 혼자 밥 먹
고 술 마시는 이들에겐 굳어진 경제 불황이나 심각한 취업난에서
비롯된 사회의 어두운 그림자가 어른댄다.

반면 혼자임을 드러내는 걸 두려워하지 않는 이들은 혼자 밥 먹고 혼자 술 마시는 것에 거리낌이 없다. 더이상 부끄러워하지 않는다. 이는 자신들이 피동적으로 타인의 표준에 규정당하는 게 아니라 자기 스스로가 자기 삶의 입법자라는 걸 당당하게 드러내는 일이다. 최근 빅데이터의 분석에 따르면 '혼자' '싱글' '솔로'에 대한 긍정 반응이 부정 반응에 견줘 더 높게 나타난다고 하니, 이는 혼자 밥 먹고 술 마시며 여행을 떠나는 이들이 관계의 속박에서 벗어나 제 삶을 자신의 방식으로 온전하게 누리는 데서 더 큰 보람과 기쁨을 느낀다는 뜻이다. 이는 나 혼자 사는 것에 대한 인식이 부정적인 것에서 긍정적인 것으로 바뀌고 있음을 드러낸다.

혼자만의 시간 속에서 인생의 황금기를 누리려면 '홀로서기'를 하라! 미래사회에서 '혼밥'과 '혼술'은 어쩌면 당연한 일이 될 테다. 타자지향의 관계에 지친 사람들이 '자기에게로 귀환'하는 일이 더 많아질 것이기 때문이다. 혼자만의 고독은 버림받음이나 비자발적 고립의 결과가 아니라 자발적이면서도 의도적인 선택의 일이다. 고독을 지나치게 두려워하는 것은 정서적 미성숙의 증거일지도 모른다. 고독은 더 많은 혼자만의 자유를 준다. 그런 까닭에 고독에 처해질 때 사람은 자기 자신에게 더 많은 주의를 기울이고 내면을 풍요롭게 일굴 수 있다. 그런 깨달음에서 더 많은 이들이 행복을 자기 안에서 찾으려고 할 것이다. 젊은 세대에서 유행처럼 번지는 '혼술'이나 '혼밥' 현상을 굳이 부정적으로 볼 필요는 없다. 고독은 고립이 아니라 혼자 있는 능력이다. 혼자만의 정금正金 같은 고독을 누릴 줄 아는 사람만이 "혼자 있을 줄 모르는 데서 비롯된 불행"에서 벗어난다.

또다른 철학자는 이렇게 말한다. "모든 사람은 자신에 대하여 가장 훌륭한 존재가 되어야 한다. 이렇게 될수록, 즉 인간이 향락을 자기 안에서 발견하는 일이 많을수록 그는 점차 행복하게 될 것이다." 쇼펜하우어의 말이다. 혼자의 삶을 두려워하지 않는 사람만이 자기 안에서 행복을 찾아낼 수 있다. 그러므로 가족이 있더라도 가끔은 이 테두리에서 벗어나 혼자 밥 먹고 술 마시는 일을 해보라. 그럴 때 행복이 타자의존적인 사람보다는 혼자 자립해서 의식주를 해결하고, 무리에 기대지 않은 채 혼자 제 삶을 꾸릴 줄 아는 사람에게 주어지는 보상임을 더 실감할 수 있다.

시작과
끝에
대하여

———

"영원한 회귀가 가장 무거운 짐이라면,
이를 배경으로 거느린 우리 삶은 찬란한 가벼움 속에서
그 자태를 드러낸다."

밀란 쿤데라
(Milan Kundera, 1929~)

아침해가 돋고 누리에 빛이 번지면서 하루가 열린다. 해가 뉘엿뉘엿 서쪽으로 기울면서 하루는 어딘가로 사라진다. 계절들이 긴 그림자를 끌며 지나가고, 섣달그믐이 어둠에 삼켜지고 나면 365일로 이루어진 한 해도 끝난다. 섣달그믐 무렵 사람들은 저마다 남다른 감회를 갖는다. 모든 끝은 아쉽고 허무하고 달콤한 멜랑콜리를 품는다. 삶은 무수한 '시작'들을 품고 흘러간다. 연애의 시작, 여행의 시작, 사업의 시작, 배움의 시작들이 그런 것들이다. 창업과 건국도 시작이 있고, 우주의 탄생도 '빅뱅'에서 시작되었다. 빅뱅 뒤로 수천 개의 은하들이 생겨나고, 은하의 거대한 가스와 먼지 덩어리 속에서 수천억 개의 별들이 생겨나 광활한 천공으로 쏟아져나왔다.

만사에는 시작이 있고, 시작이 있은 뒤에야 비로소 보람과 열매가 따른다. 세상만사 중에서 유의미한 창조와 건설은 시작에서 비롯되는 법이다. 시작은 모험이요 도전이다. 무언가를 시작한다는 것은 더 큰 세상으로 나아가기 위해 도약대에 서는 것이다. 시작을 시작하라! 더 많은 시작을 품을 때 경험의 폭도 넓어지고, 더 넓은 가능성의 세계로 도약할 가능성이 커진다. 열다섯에 처음으로 시를 썼는데, 그게 필생의 업이 된 시인의 길로 들어서는 시작이다. 그 시작이 종신사업終身事業이 되었다.

스물여덟 살에 잘 다니던 출판사에 사표를 던지고 나와서 출판사를 창업했다. 출판사를 시작한 뒤로 크고 작은 성공과 실패를 맛보았다. 그 경험들이 삶의 자산이 되고 살아가는 데 필요한 밑거름이 되었다. 열세 해 동안 출판사를 경영했는데, 그때 인생의 교훈들을 배웠다. 젊은 시절 창업이라는 모험에 나서지 않았더라면 내 인생 경험의 폭도 좁아졌을 거라고 생각한다. 스물두 살에 연애를 시작하고, 스물세 살에 결혼을 했다. 그 시작이 없었다면 세 아이도 없었을 테고, 내 삶의 폭은 보잘것없이 쪼그라들었을 게 틀림없다. 시 쓰기도, 출판사 창업도, 연애와 결혼도 다 무모했지만 그 무모한 용기야말로 모든 시작의 운명이 아닐까? 시작은 순탄하지 않았지만, 그 무모함이 지금의 삶을 떠받치는 토대가 되었으니, 나는 그 시작들을 기꺼워한다.

무릇 시작에는 끝이 있다. 사람은 태어나는 순간 죽음이라는 종말을 향해 달려간다. 잉걸불같이 타오르는 열정으로 시작한 연애도 그 시작점에서 이미 우리 의지와 상관없이 끝을 향한다. 이렇듯 시작은 끝을 숙명으로 품는다. 여행의 끝, 연애의 끝, 사업의 끝, 공부의 끝, 하루의 끝, 계절의 끝, 한 해의 끝. 어떤 끝들은 풍요롭고 만족할 만한 결과에 이르고, 그래서 큰 보람과 기쁨을 안겨준다. 기대와 설렘을 갖고 시작한 것들이 끝을 향해 치달을 때 우리는 보람과 뿌듯함을 느끼거나, 혹은 아쉬움과 허탈과 후회에 빠지게도 할 수 있다. 만일 아쉬움과 후회가 크다면 그 이면에는 왜 더 잘하지 못했을까, 하는 스스로에 대한 질책 때문이리라.

올해를 시작하면서 굳은 마음으로 헬스클럽에 등록을 했건만 나간 날보다 쉰 날이 더 많았다. 올해 열 일을 제쳐두고 알베르 카뮈의 『이방인』을 원서로 읽기 위해 프랑스어 공부에 달려들었으나 일들에 매인 탓에 따로 시간을 내는 일이 난망했다. 이렇게 꿈 꾸고 계획했던 많은 일들이 시작과 함께 덧없이 끝나지만 무언가를 시작하고 시도한 것은 잘한 일이다. 그 시작이 순조롭지 않고 실패로 끝난다 하더라도 그 경험 자체는 의미가 있다. 실패의 경험도 중요한 자산이다. 누군가는 실패하고, 실패하고, 실패하라고 말한다. 더 잘 실패하고, 그 실패에서 지혜를 길어내라! 가장 어리석은 것은 어떤 시작과 시도에서 실패를 맛보고 그 안에서 아무 깨달음도 얻지 못하는 것이다. 사실 아무 일도 시작하지 않았다면 실패도, 실패에 따른 아쉬움이나 후회도 없었겠지만 아무 결과도 만들지 못했을 게 분명하다. 그때 시작했기 때문에 오늘의 내가 존재할 수 있는 것이다. 모든 것들의 끝은 새로운 시작과 잇대어 있는 경우가 많다.

한 해의 끝에 저마다 결과라는 성적표를 받아든다. 당신의 올해는 어땠는가? 그 결과를 남과 견주지 말고 겸허하게 나를 돌아다보는 계기로 삼자. 한 해의 끝이 곧 인생의 끝은 아니다. 한 해의 끝은 새해의 시작이다. 한 해의 끝에 서서 새로운 시작을 준비할 때 아등바등하며 보낸 지난 시절을 되짚어보는 숙고의 시간이 반드시 필요하다. 남들의 의견을 좇으려다 자기 자신이 되는 일에 소홀하지는 않았는가? 올해 도모하고자 했던 일들에 최선을 다하지 않고 빈둥거리지는 않았는가?

어떤 일을 시작도 해보기 전에 불가능하다고 포기하는 것은 어리석다. 우리나라 대표 기업 중 하나인 '현대'의 창업자 정주영은 사람들에게 "이봐, 그거 해봤어?"라는 말을 자주 했다고 한다. 그 '해봤어'는 '시작/시도해봤느냐'는 뜻이다. 정주영은 1984년 충남 서산간척지사업 최종 물막이 공사를 할 때 폐유조선을 가라앉히는 방식으로 물길을 잡아 공사 기간을 3년이나 앞당겼다. 이는 누구도 시도해보지 않았던 기상천외한 물막이 공법이다. 이를 두고 『뉴욕타임스』는 놀라워하며 '정주영 공법'이라고 명명했다. 정주영은 관행과 고정관념에 사로잡혀 어떤 일들은 시작하지도 않은 채 포기하는 사람들과는 달랐다. 그는 시도와 시작을 두려워하지 않았기에 불가능한 것들을 가능한 것으로 바꾸어놓았다. 어느 분야에서든지 일가를 이룬 사람들은 먼저 그 일을 시작한 사람들이다.

실패나 실연도 두려워하지 말자. 시작은 끝으로 이어지고, 끝은 다시 시작을 물고 돈다. 개인과 국가가 도모하는 일들은 다 시작이 있다. 결국 시작은 끝을 향하여 내달린다. 불멸은 유한한 모든 것들의 불가능한 꿈이기에, 우리는 끝을 애석해하지 않으며 시작을 두려워하지 않는다. 시작은 강물처럼 흐르고 흘러서 땅을 비옥하게 만들 것이기에! 기원전 6세기 철학자 헤라클레이토스는 '불멸'이 '유한'이고, 끝과 죽음을 머금은 '유한'이야말로 '불멸'을 머금는다는 역설을 펼쳤다. "불멸은 유한하며, 유한한 것은 불멸한다./ 살아 있는 사람은 타인의 죽음을 살며/ 죽은 사람은 타인의 삶을 산다."(헤라클레이토스, 「단장」) 살아 있는 사람은 이미 죽은 사람의 시간을 살고 있다. 거꾸로 죽은 사람은 살아 있는 사람의 시간에 기대어 자신들의 죽음을 산다. 그리고 한 알의 밀알이 떨어져야 비로소 더 많은 밀알을 맺듯, 끝은 언제나 또다른 결실을 낳는 또다른 시작이 되는 것이기에!

새해에는 새로운 해가 떠오른다. 지난 시간과 일들에 대해 충분히 숙고했다면, 과거가 되어버린 시간들을 반추하고 자기성찰을 마쳤다면, 과거는 과거의 것으로 덮자. 성공 강박에 들려 자신을 실험실의 쥐처럼 저 아수라의 세계로 억지로 내몰지 말자. 욕심이라는 짐을 벗어놓고 모든 일을 순리대로 풀며 살아가자. 지난해보다 조금만 더 착한 사람이 되자. 우리는 홀로 타오르는 기쁨! 이 지구에 태어난 기쁨을 오롯하게 누리자. 새 시간의 열림과 더불어 새롭게 일을 시작할 순간에 이르렀다.

삶은 늘 시작과 끝 사이에 걸쳐져 일어난다. 삶은 영원과 영원 사이 찰나 속에서 빛난다. 카르페 디엠Carpe diem. 시간이 있을 때 장미 봉오리를 거두어라. 우리의 시간은 무한정하지 않기 때문이다. 영화 〈죽은 시인의 사회〉에 나오는 '카르페 디엠'이라는 라틴어는 다음 시에서 유래된 것이다.

이 세상이 끝나는 날 신이 우리를 위해 과연 무엇을 준비해 두었는지 묻지 말라. — 우리는 그것을 알 수 없기에.

그리고 바빌로니아 점술가들같이 그때가 언제인지를 셈하지 말라.

무엇이 어떠한 상황이 우리에게 닥치더라도 그것을 받아들여라.

설사 그것이 천공天空의 신 주피터가 우리에게 또 한번 시련의 겨울을 선사하든,

혹은 투스칸 해 절벽의 장벽이 무너져버리고 그 순간이 우리 마지막 순간이 되든지 간에!

그대가 현명하다면 포도주는 오늘 체로 걸러라. 짧기만 한 이 인생에서 먼 희망은 접어야 하리.

우리가 이렇게 말을 하는 동안에도, 시간은 우리를 시샘하

여 멀리 흘러가버리니,

내일이면 늦으리니 현재를 잡아라!

호라티우스, 「서정시 11」

제대로 살고 싶다면 오늘을 꽉 붙잡아라! 새해가 오면 누리에 새로운 빛이 비치고 우리는 새날들과 함께 또다른 시작들과 그 가능성을 향해 가슴 설레며 첫발을 내딛으리라.

중국의 만리장성이나 이스탄불의 블루모스크도 땅을 다지고 첫 번째 벽돌을 쌓는 시작이 있었다. 이 대공사도 시작이 없었다면 완공도 없었을 테다. 어떤 일이든지 시작을 하고 정성을 들여 키워내는 것은 꽃나무가 간난艱難을 극복하고 꽃을 피워내는 것같이 지난한 사업이다. 시작이 "벼락과 해일海溢의 길"일지라도 꿋꿋하게 가리라! 만남은 이별의 시작이고, 이별은 새로운 만남의 시작점이다. 생명이 시작이라면 죽음은 그 끝이다. 태어나지 않은 자는 죽지도 않는다. 만물은 시작과 끝을 반복하면서 이 세상을 풍요롭게 채우고 만든다. 우리가 시작을 두려워하지 않는 것은 그 때문이다. 성공하고 싶은가? 그것이 "벼락과 해일만이 길일지라도"(서정주) 먼저 시작하라! 소매를 걷어붙이고 자기 사업을 시작하라! 스티브 잡스의 '애플'도 아버지의 차고에서 시작했다. 시작은 미미하나 그 끝은 창대하리라.

'황금광시대'의
역설에 대하여

"인간은 미소와 통곡 사이에 매달린 추다."

바이런
(Lord Byron, 1788~1824)

일제강점기를 산 소설가 김유정(1908~1937)을 생각하면 나는 가슴이 먹먹해진다. 영국 시인 바이런은 "인간은 미소와 통곡 사이에 매달린 추"라고 했건만, 어쩐 일인지 그는 '통곡'이란 추 하나에만 매달린 채 살았다. 행복, 미소, 기쁨 같은 것들은 아예 그를 외면한 듯하다. 그는 나쁜 시대에 태어나고, 나쁜 형을 만나고, 나쁜 운명의 덫에 걸린 사람이다. 그는 생의 마지막을 경기도 광주의 누이 집에 얹혀 보내며 병마病魔와 최후 담판을 벌이던 중 휘문고보 동창이자 벗인 안회남에게 편지 한 통을 쓴다. 그 편지에서 "나에게는 돈이 시급히 필요하다. 그 돈이 없는 것이다"라고 적었다. 그가 죽기 열흘 전 일이다.

　　필승아, 나는 참말로 일어나고 싶다. 지금 나는 병마와 최후의 담판이다. 홍패가 이 고비에 달려 있음을 내가 잘 안다. 나에게는 돈이 시급히 필요하다. 그 돈이 없는 것이다.
　　필승아, 내가 돈 백 원을 만들어볼 작정이다. 동무를 사랑하는 마음으로 네가 좀 조력하여주기 바란다. 또다시 탐정소설을 번역해보고 싶다. 그 외에는 다른 길이 없는 것이다. 허니, 네가 보던 중 아주 대중화되고 흥미 있는 걸로 두어 권 보내주기 바란다. 그러면 내 50일 이내로 역하여, 너의 손으로 가게 하여주마. 하거든 네가 극력 주선하여 돈으로 바꿔서 보내다오.

필승아, 물론 이것이 무리임을 잘 안다. 무리를 하면 병을 더친다. 그러나 그 병을 위하여 무리를 하지 않으면 안 되는 나의 몸이다. 그 돈이 되면 우선 닭을 한 삼십 마리 고아 먹겠다. 그리고 땅꾼을 들여 살모사, 구렁이를 십여 마리 먹어보겠다. 그래야 내가 다시 살아날 것이다. 그리고 궁둥이가 돈을 잡아먹는다. 돈, 돈, 슬픈 일이다.

필승아, 나는 지금 막다른 골목에 맞닥뜨렸다. 나로 하여금 너의 팔에 의지하여 광명을 찾게 하여다오. 나는 요즘 가끔 울고 누워 있다. 모두가 답답한 사정이다. 반가운 소식 전해다오. 기다리마.

누군가는 돈을 악의 근원이라고 하고, 또다른 누군가는 돈이 없다는 것이 모든 악의 근원이라고 말한다. 돈으로 행복을 살 수는 없는 노릇이다. 그러나 돈이 우리 불행의 종류를 결정하는 것은 확실하다. 그는 '돈'이 필요하다고 '필승(안회남의 아명)'에게 편지를 쓴다. 병마를 이기고 살기 위해 닭 삼십 마리를 고아 먹고, 구렁이 십여 마리를 먹어보겠다고 했다. 그는 "돈, 돈, 슬픈 일이다"라고 쓴다. 돈이 생길 방도를 궁리한 끝에 대중 추리소설을 번역해보겠다고 했다. 스물아홉 살 난 청년의 생명 애착과 절박함이 고스란히 묻어나는 편지다. 작가 최인호는 생전에 이 편지를 책상 앞 벽면에 붙여놓고 날마다 읽으며 게으름에 대한 경각심을 일으켰다고 한다.

김유정은 농민, 광부, 들병이, 날품팔이, 거지, 실업자, 거간꾼 따위 사회의 최하계층의 삶을 즐겨 그린 작가다. 그는 소설을 쓰느라 밤을 새우기 일쑤였다. "연일 철야로 원고와 다투다"보니, 과로와 영양실조로 쇠약해졌다. 그 몸에 폐결핵이 덮쳤다. 경성시청의 위생진단에서 폐결핵 판단을 받은 게 1933년이다. 결핵성 치루가 재발한 것은 1936년 여름이다. 1935년, 양대 일간지 신춘문예로 등단한 지 두 해밖에 안 된 신예작가를 쓰러뜨린 것은 폐결핵과 결핵성 치루라는 질병이다. 스물아홉 살, 요절이다.

김유정은 강원도 토호의 아들로 태어났으나 일찍 부모를 잃고, 가형인 유근이 가산을 난봉질로 탕진한 탓에 한푼의 유산도 받지 못했다. 그런 연유로 가난과 병마에 시달리다 일찍 생을 마감한다. 이십대 초반, 김유정은 연희전문 문과에 입학했다가 제적 처분을 당하고 누나 집에서 무위도식하다가 매형을 따라 금판을 돌아다녔다. 금판에 부나방처럼 몰려든 군상들, 그 주변에서 일어나는 소소한 일화들을 속속들이 보고 겪은 김유정은 이 체험을 바탕으로 '금광 3부작'을 내놓는다. 조선 반도에 불어닥친 '금광 열풍' 세태를 김유정은 「금 따는 콩밭」에서 이렇게 그린다. "시체는 금점이 판을 잡았다. 스뿔르게 농사만 짓고 있다간 결국 비렁뱅이밖에는 더 못 된다. 얼마 안 있으면 산이고 논이고 밭이고 할 것 없이 다 금쟁이 손에 구멍이 뚫리고 뒤집히고 뒤죽박죽이 될 것이다. 그때는 뭘 파먹고 사나. 자, 보아라. 머슴들은 짜위나 한 듯이 일하다 말고 훅닥하면 금점으로들 내빼지 않는가. 일꾼이 없어서 올엔 농사를 질 수 없느니 마느니 하고 동리에서는 떠들썩하다."

첫 문장에 나오는 '시체'는 당시 되어 돌아가는 상황이라는 뜻을 가진 어휘다. 모두들 제 생업을 팽개치고 '금점', 곧 금광으로 달려갔으니, 농촌에서는 일꾼을 구할 수 없어 농사를 포기하는 소동마저 일어났다. 바야흐로 '황금광시대'가 활짝 열린 것이다.

단편 「금」(1938)은 그의 소설 중에서 크게 주목받는 소설은 아니다. 이 소설은 1930년대에 조선 반도에 불어닥친 금광업의 호황 시대를 반영한 것으로 「금 따는 콩밭」(1935), 「노다지」(1935)와 함께 금광 3부작 중 한 편이다. 금광에서 일하는 광부들이 어떻게든 금을 빼돌리려 하고, 감독들은 금 도적질을 막으려고 눈에 불을 켜고 감시한다. 그 두 집단 간의 실랑이를 사실적으로 그려낸 소설이 「금」이다. "금점이란 헐없이 똑 난장판이다. 감독의 눈은 일상 올빼미 눈같이 둥글린다. 훅하면 금 도적을 맞는 까닭이다." 감독이 올빼미 눈같이 둥글리며 감시해도 광부들은 용케도 금을 빼돌린다. 금을 상투 속이나 신발 속에 숨겨 나오는 것은 가장 흔한 수법이다. 가장 손쉬운 방법이니 감독의 몸수색을 무사하게 통과하기는 어렵다. 광부들이 금을 숨겨 나오는 수법도 날이 갈수록 교묘해진다. "제일 안전한 방법이 있으니 그것은 덮어놓고 꿀떡 삼키고 나가는 것이다. 제아무리 귀신인들 배 속에 든 금이야, 허나 사람의 창자란 쇳바닥이 아니니 금덕을 보기 전에 꿰저버리면 남 보기에 효상만 사납다. 왜냐하면 사금이면 모르나 석혈금이란 유리쪽 같은 차돌에 박혔기 때문에. 에라 입속에 감춰라, 귓속에 묻어라, 빌어먹을 거 사타구니에 끼우고 나가면 누가 뭐랄 텐가. 심지어 덕희는 항문에다 금을 박고 나오다 고만 뽕이 났다." 광부들이 금을 빼돌리는 수법은 상투 속에 숨기기, 신발 속에 숨기기, 삼키기, 입속에 감추기, 귓속에 묻기, 사타구니에 끼우기, 항문에 숨기기 따위다. 감독들은 금광에서 나온 광부들을 알몸으로 벗겨 놓고 샅샅이 뒤져 그들이 숨겨 나온 금을 붙잡아낸다. "감독은 낯을 이그리며 금을 삐집어놓고 '이 자식이 금을 똥구멍으로 먹어?' 하고 알볼기짝을 발길로 보기 좋게 갈기니 쩔걱거리고 내떨렸다." 이렇게 엄중히 잡도리를 하건만 광부들은 용케 금을 빼돌린다.

「금」의 주인공 이덕순은 금광에서 채굴을 하는 광부다. 이덕순은 금광에서 천 원 상당의 가치가 됨직한 노다지 한쪽을 찾아내이 노다지를 빼돌릴 방법을 궁구하다가 동무와 짜고 일부러 부상을 입은 채 굴 바깥으로 나와 감독의 눈을 속인다. 큰 부상을 입은 소동으로 용케도 감독의 알몸 검색을 피한 것이다. 이덕순은 집으로 돌아와 발가락께가 형체조차 잃을 만큼 으깨진 몸을 뉘며 빼돌린 감석을 "인내게. 내 가주가 팔아옴세" 하고 조르는 동료에게 내준다. 그가 감석을 팔아 튈지도 모른다고 의심하지만 어쩔 수 없다. 이덕순은 감석을 갖고 침을 퉤, 뱉으며 싸리문을 돌아나가는 동료를 맥 풀린 시선으로 멀거니 보다 아픈 몸을 돌리며 "아이구!" 하고 참혹한 비명을 지른다. 그 비명은 곧 '황금광시대'의 실상을 적나라하게 들려주는 증언이다.

일제강점기인 1930년대 한반도에 '황금 열풍'이 분 것은 대공황의 여파로 인한 경기 불황과 관련이 있다. 1931년 겨울 무렵 조선 경제는 곡식 가격의 폭락과 심각한 대공황의 그림자가 드리워져 최악으로 치닫는다. 기왕의 가난한 살림에 불황과 실업이 덮친 탓에 살림살이는 쪼그라들었다. 너 나 할 것 없이 먹고살기에 허덕이던 이즈음 금값이 폭등한다. 그게 '금광 열풍'의 기폭제가 되었다. 다들 누가 금광으로 떼돈을 벌었다는 소문에 몸이 달아올라 생업을 접고 논밭과 개천 바닥을 뒤집어엎으며 금을 찾아나선 것이다. 최창학, 방응모, 이종만, 박용운, 김대원 등등이 금광 개발로 한몫을 챙긴 '금광왕'들로 세간에 회자되었다. 평북 일대에서 금광 개발에 뜻을 실패와 좌절을 거듭하던 최창학은 한 폐광에서 조선 최대의 금맥을 찾아낸다. 그가 주인 노릇 하던 삼성금광은 조선을 대표하는 3대 금광으로 꼽혔는데, 거기서 금이 쏟아지자 겨우 삼십대 중반인 그는 단박에 백만장자 반열에 오른다. '금광왕'으로 인생대역전의 신화를 써나간 최창학의 이야기가 신문과 잡지로 널리 알려지며 1930년대 '금광 열풍'은 더욱 사나운 불길로 키우는 계기가 되었다.

너도나도 금을 좇아 달리던 '황금광시대'는 '노다지'라는 신기루를 좇는 시대였다. 가난의 굴레를 벗고 부자 꿈을 이루려는 사람들이 가장 쉽게 달려들 수 있는 게 금광업이었다. 사람들은 돌산, 개천, 논밭, 집터에서 금맥을 찾으려고 구멍을 뚫었다. 기어코 금맥을 찾아 큰돈을 번 금전꾼들은 신문사를 사들이고 학교를 인수했다. 그들의 성공담은 대중매체에서 가장 즐겨 다루는 소재였지만 그러나 광업이 누구에게나 일확천금을 안겨주는 일은 아니었다. 대부분은 돈과 시간을 헛되이 잃고 쓴 실패의 맛을 보았다. 이 '금광 열풍'에 뛰어든 것은 노동자, 농민, 자본가들뿐만이 아니다. 점잖은 지식인, 작가들마저 본업을 집어치우고 금광 개발에 나서며 조선 반도는 그 열기로 끓어넘쳤다.

『신동아』 1932년 12월호는 '산금産金의 변태 경기'라는 기사에서 "오랫동안 불황중에서 신음하던 무리들은 금에로의 활약을 시작하여 모든 방면으로 불황에 싸여 있는 조선 경제계에 이채를 띄우고 있다"고 쓰고 있다. 안석영은 조선일보 1932년 11월 29일자

만평을 내면서 함께 붙인 기사에서 "모든 광狂 시대를 지나서 이제는 황금광시대가 왔다. 금광! 금광! 일본의 본위화本位貨 부족으로 위체爲替, 외국환어음가 폭락된 바람인지 그런 까닭에 금광 허가를 선듯선듯 내어주는지 너도나도 금광, 금광 하며 이욕利慾에 귀 밝은 양민들이 대소몽大小夢이다"라고 썼다. 불황과 가난의 역설이 빚은 '황금광시대'는 몇몇은 성공 신화를 쓰지만 대부분 실패의 맛만 남긴 채 막을 내린다. 김유정 역시 그런 '황금광시대'의 '대소몽' 속에서 뛰어들어 부나방처럼 춤추다가 그 불꽃 속으로 투신해 죽은 셈이다.

'하드보일드 원더랜드'에
대하여

———————

"문학이 비록 우리를 행복하게 해주지는 않을지라도,
적어도 불행에서 우리를 지켜내도록 도울 수는 있다."

마리오 바르가스 요사
(Mario Vargas Llosa, 1936~)

스무 살 무렵 정말 미치도록 글을 쓰고 싶었다. 그랬으니 무수한 책을 찾아 읽고, 이곳저곳을 떠돌 때에도 글 쓰는 걸 손에서 놓지 않았다. 장소를 가리지 않고 어디에서나 글을 썼다. 돌이켜보면 혼자 머무는 방은 물론이거니와 사람들이 북적이는 시립도서관, 카페, 병원, 여관, 공원, 기차 안에서도 글을 썼다. 비가 오거나 바람 불거나 날씨에 상관하지 않고 글을 썼다. 에릭 메이젤은 『작가의 공간』이라는 책에서 "특정한 장소에서만, 특정한 환경에서만, 특정한 날씨에만, 특정 시간대에만, 특정 음식을 먹고 난 다음에만, 특정한 펜이 있어야만 글이 써진다는 건 마음이 부리는 속임수일지도 모른다"라고 쓴다. 나는 글을 쓸 때 마음이 부리는 속임수 따위에 넘어가지 않았다.

　내가 장소, 환경, 날씨, 시간대를 가리지 않고 글을 썼다는 사실은 글쓰기에 한해서 우직한 사람이라는 증거다. 빵 굽는 사람은 빵을 굽고, 집을 짓는 사람은 집을 짓는다. 빵 굽는 사람은 빵으로 말하고, 집 짓는 사람은 집으로 말한다. 나는 날마다 짐승처럼 엎드려 여덟 시간씩 글을 쓴다. 글이 곧 내 존재증명이요, 살아 있음의 이유가 되는 까닭이다. 나는 지금도 "문학 안에서 정신을 놓는 것이야말로 인생을 견딜 수 있는 유일한 방법이다"라는 작가 플로베르의 말을, 그리고 "문학이 비록 우리를 행복하게 해주지는 않을지라도, 적어도 불행에서 우리를 지켜내도록 도울 수는 있다"
라는 페루 출신의 작가 마리오 바르가스 요사의 말을 믿는다.

일본 작가 무라카미 하루키(1949~)의 소설과 에세이를 좋아해
서 꽤 오래 읽어왔다. 그는 마라톤과 수영, 그리고 고양이를 좋아
한다. 마라톤과 수영은 혼자로 가능한 운동이고, 고양이 역시 혼
자 있기를 좋아한다. 이것들 사이에는 묘한 공통점이 있다. 피터,
기린, 푸치, 선댄스, 얼룩이, 스코티, 줄무늬, 검둥이, 토비마루, 뮤
즈……. 하루키가 키운 고양이들의 이름이다. 하루키가 와세다 대
학을 나와 연 재즈 카페의 상호도 '피터 캣'인데, 그가 집에서 기
르던 고양이의 이름이다. 그는 가난한 탓에 난방시설이 변변치 않
아 추운 겨울날 고양이를 끌어안고 체온을 나누며 잠든 젊은 시
절을 회고하며, "오후의 양지에 고양이와 같이 앉아 있으면, 시간
은 부드럽고 따스하게 흘러갔다"라고 쓴다. 고양이가 부드럽고 따
뜻하며, 계파나 조직을 안 만들고 무리에 섞이지 않은 채 외톨이
로 사는 개인주의적 성향 때문에 고양이를 사랑한다고 말하는 사
람들이 많다. 하루키 역시 집단이나 조직에 소속되는 걸 좋아하지
않고 자폐적이라고 할 만큼 '개인'으로 사는 걸 지향한다. 그는 늘
혼자 작업한다. "우선 오전 4시 전후로 일어나 신선한 커피 한 잔
을 내려 마신 후 곧바로 책상 앞에 앉아 원고를 쓴다. 오전 10시까
지 일한 후 10킬로미터를 달린다. 수영을 하거나 낮잠을 잠깐 잔

뒤 산책이나 번역 작업을 취미 삼아 하고, 중고음반 가게를 돌아다니며 새로운 음악을 듣는다. 장을 봐서 요리를 하고, 저녁을 먹은 뒤 책을 읽다가 밤 10시경 잠자리에 든다." 나 역시 젊은 시절 늘 '혼자'로 떠돌았다. 무리에서 벗어나 단독자로 사는 자유가 좋았기 때문이다. 그리고 마라톤과 수영을 했는데, 이것들이 혼자 할 수 있는 운동이었기에 꽤 열심을 냈던 것이다.

하루키는 열다섯 살 때 카프카의 『성』을 읽고 깊은 인상을 받고, 대학 시절에는 커트 보니것과 같은 미국 포스트모던 소설들을 즐겨 읽는다. 청소년기에서 청년기까지 그를 사로잡고 감수성에 영향을 미친 것은 서양 문화, 재즈 음악, 도스토옙스키, 카프카, 레이먼드 챈들러이다. 대학을 졸업한 뒤 재즈 카페를 운영하며 종일 재즈를 듣고 손님들이 주문하는 칵테일이나 샌드위치를 만들며 보내다가 스물아홉 살 때 하루키는 돌연 재즈 카페의 일을 마치고 새벽에 들어와 식탁 위에서 소설을 쓴다. 매일 새벽 한 시간씩 부엌 식탁에서 맥주를 마시며 써나간 끝에 40개의 짧은 장들로 이루어진 중편 『바람의 노래를 들어라』가 나온다.

우리나라로 치면 중편 분량인 이 소설은 1970년 8월 8일에 시작되어 8월 26일에 끝나는 18일간의 이야기를 다룬다. 일본 '전공투全共鬪'의 마지막 세대로 대학 소요를 겪은 '잃어버린 1960년대'

에 대한 진혼의 성격이 짙다. 글로벌 자본주의가 몰려오는 초입에
선 청년의 불안과 공허, 상실감을 감각적인 문장으로 써내려간 소
설이다. 이어지는『1973년의 핀볼』에서도 이념 공동체라고 할 수
있는 집단―대학이든 사회든 국가든―을 잃고 현실의 가장자리로
밀려나 공허 속에 고립된 채 떠도는 젊은이들의 얘기들이 펼쳐지
는데, 이 지점이 하루키의 개인주의가 탄생하는 원섬이다.

『바람의 노래를 들어라』는 일본 소설의 해체를 보여준다. 하루
키는 처음부터 일본 문학의 전통에서 완전히 벗어난 스타일을 선
보인 것이다. 그의 소설이 일본 문단에서 미국 소설의 영향 아래
서 나왔다거나 서구적인 작품, 심지어는 반反소설로 받아들여진
것은 당연하다. 가장 완성도가 높은 작품은 반리얼리즘 스타일,
반현실적 환상성이 견고하게 드러나 있는『세계의 끝과 하드보일
드 원더랜드』를 꼽을 만하다. 내러티브의 환상적인 세계 속으로
안내하는 이 우아하고 섬세한 소설은 두 개의 이야기를 병렬적 구
조에 담는다. 두 개의 장은 홀수 장과 짝수 장으로 나뉜다. '나'는
'하드보일드 원더랜드'와 '세계의 끝'이라는 두 세계를 오가며, 숫
자로 된 정보를 뇌에서 변환시켜 암호화하는 '계산사'로, 혹은 일
각수가 오가는 도시에서 동물 두개골에 새겨진 꿈을 해석하는 '해
몽가'로 일한다. 먼저 '하드보일드 원더랜드'에서 '나'는 무의식을
이용해 정보를 암호화하고, 그 암호화된 정보를 해독하는 일을 한

다. 어느 날 경계가 삼엄한 건물로 불려가 일을 떠맡는다. 그 건물에서 고층 엘리베이터를 타고 올라가다가 한 젊고 뚱뚱한 여성의 안내로 어느 박사의 비밀 연구실을 방문한다. 두 사람은 누군가에 의해 납치된 박사를 찾아 지하로 간다. 짝수 장인 '세계의 끝'에서 '나'는 가장자리가 커다란 벽으로 둘러싸인 마을로 간다. 처음 이 마을에 왔을 때는 봄이고, 짐승들은 여러 색깔로 몸통이 뒤덮여 있다. 가을이 오자 짐승들은 금색의 긴 털로 바뀐다. 짐승들을 돌보는 '문지기'가 내 눈에 칼로 표시를 하고, '나'는 도서관에서 꿈을 해석하고 그 의미를 해독하는 일을 한다. 홀수 장인 '하드보일드 원더랜드'의 이야기와 더불어 짝수 장인 '세계의 끝'의 이야기는 교차하며 펼쳐진다. 두 개의 세계, 두 개의 자아 이야기가 펼쳐지는 이 구조는 나중에 『1Q84』에서도 거의 그대로 반복되고 재현된다. 잘 알려져 있다시피, 「거리와, 그 불확실한 벽」이라는 단편이 이 소설의 원형이다. 우물, 통로, 지하세계, 미로의 이미지들은 이 소설의 중추를 이루는데, 이 소설과 하루키가 고백하는 '최초의 기억'은 연관이 있다.

『바람의 노래를 들어라』에서 『양을 둘러싼 모험』 『중국행 슬로보트』 『캥거루 날씨』 『세계의 끝과 하드보일드 원더랜드』를 거치고 『해변의 카프카』와 『1Q84』에서 정점을 찍는 하루키의 낯선 소설 형식은 하루키만의 독자적인 것이다. 미국 재즈에 열광하고 포스트모던 문학을 즐겨 읽으며 감수성을 키워온 배경 속에서 무국적성, 도시적 감성, 탈이념, 탈현실의 문학이 잉태된 것이다. 하루키의 주인공들은 사회나 조직, 그리고 인간관계들에서 떨어져나온 외톨이들인데, 중심사회의 압력에서 벗어나려고 외톨이로 고립을 선택하는 이 주인공들은 현실과는 다른 층위에 있는 저 너머 이면의 세계로 미끄러진다.

『해변의 카프카』에서 『1Q84』를 거쳐 『색채가 없는 다자키 쓰쿠루와 그가 순례를 떠난 해』와 『여자 없는 남자들』로 이어지는 소설에서도 하루키는 일인칭 시점으로 공허한 인간들의 자아 찾기라는 환상적인 모험 세계를 펼친다. 자아를 잃어버린 채 공허에 빠진 인간들이 상실과 부재를 견디며 현실의 이쪽과 그 너머를 오가며 방황과 편력을 지속하는 '하드보일드 원더랜드'는 감각적인 문체와 더불어 그의 근본 양식이고, 그만의 스타일로 굳어진 것이다.

하루키의 신작 소식이 들려온다. 나는 늘 하루키만의 사유와 상상력, 취향과 본성, 그리고 독특한 이력과 독서 경험이 한데 어울려 빚어진 새로운 소설을 기다린다.

잡고자 하면
사라지는 것들에
대하여

———

"삶이란 무엇일까?
흐르는 모래시계, 아침해에 걷히는 안개, 부산하지만 반복되는 꿈.
길이는 얼마나 될까? 순간의 멈춤, 순간의 생각.
그렇다면 행복은?
물줄기 위 거품, 잡고자 손을 뻗으면 사라지는."

존 클레어
(John Clare, 1793~1864)

예전에는 동네마다 목욕탕들이 있었다. 딱 반세기 전 서울 세검정 아래 흐르는 하천에는 피라미들이 놀고, 백사실 계곡에는 가재들이 우글거리며, 연립주택들로 빽빽한 부암동 언덕 일대는 능금밭이었다. 아버지는 늘 바빠서 어린 자식들 돌볼 겨를이 없고, 어머니의 눈빛은 샘물처럼 맑았던 그 시절, 동네 목욕탕은 성업중이었다. 목욕탕 안쪽으로 신발장과 탈의실이 있고, 욕조는 냉탕과 온탕으로 나뉜 것 말고는 다른 시설이 없었다. 추석이나 설 전날 동네 목욕탕은 그야말로 만원이었다. 부연 수증기 사이로 벌거벗은 어른들이 돌아다니고, 아이들은 냉탕에서 물장구를 치는 데 정신이 팔려 있었다. 그 당시 목욕탕은 왠지 모를 흥겨움이 넘쳐났는데 어느새에 그 목욕탕들이 하나둘씩 자취를 감추고 사라졌다. 목욕탕마다 장노년 손님이 북적이던 시절, 다들 가난했지만 그래도 살 만했었다.

내가 젊었을 때, 어느 늦은 오후 한적한 시간에 목욕탕엘 갔다. 목욕탕 천장 아래 창문으로 황금빛 햇살이 뻗쳐 들어와 수증기가 모락모락 오르는 욕조의 물위로 떨어졌다. 온수에서 피어오른 수증기와 햇살이 희뿌옇게 엉킨 채 빛날 때 다리, 허리, 등, 가슴, 어깨, 목까지 욕조 물에 담그고 있으면 세포들이 낱낱이 해체되어 녹는 느낌이었다. 몸이 붕 떠오르는 가운데 기분조차 몽롱해졌다.

욕조에는 눈을 감은 채 미동도 하지 않는 노인 두어 명이 앉아 있었다. 뿌리를 알 수 없는 쾌락이 몸의 말단으로 퍼져나갈 때 시공의 분별도 우주도 없어졌다. 내 안에 가득차 웅성거리던 근심과 번민들도 씻은 듯 사라지면, 아, 평화롭군, 하는 말이 입술을 비집고 나오고 가슴은 벅차올랐다. 그 깊은 감동으로 눈물이 솟아 속눈썹을 적셨다.

아무때나 찾아가 신발을 벗어 신발장에 넣고 홀딱 벗은 뒤 김이 오르는 욕조에 뛰어들던 그 흔하던 동네 목욕탕들은 사라지고 없다. 아버지도 어머니도 벌써 돌아가시고, 나는 장년기를 넘어 노인으로 들어서는 초입에 쓸쓸하게 서 있다. 나이를 먹는 게 내 잘못은 아니지만, 나이를 먹어가며 죄의식을 느낀다. 세월이 흐르고 많은 것들이 바뀌었다. 동네 목욕탕이 사라진 자리에 시설 과잉인 '불가마 찜질방'이나 국적 불명의 '사우나'들이 성업중이다. 어쩌면 묵은 때를 불려 벗겨내고 느긋함에 젖어 청정한 기쁨을 만끽하던 그 많은 동네 목욕탕들은 현실에는 없는 환상이고 무無가 아니었을까.

내가 동네 목욕탕들에 대한 향수에 잠긴 것은 일본 만화가인 구스미 마사유키의 산문집 『낮의 목욕탕과 술』을 읽은 탓이다. 이 책을 우연히 손에 쥔 뒤 나는 앉은자리에서 다 읽었다. '목욕탕'과

'술'은 해방감과 쾌락의 원천이다. 목욕탕은 묵은 때를 벗겨낼 뿐만 아니라 "구원받고 재생하는 장소"인 것이다. 아울러 술은 언제 마셔도 달다. 이 못 말리는 애주가는 유쾌한 어조로 '목욕'과 '술'을 침이 마르도록 예찬하는데, 그 두 가지에 기대면 인생의 고달픔 따위는 깃털만큼이나 가볍게 느껴진다는 것이다. 명랑한 문장들은 초긍정의 관념으로 유쾌하고 술술 잘 읽힌다. 재미가 있어 눈물이 다 날 지경이고, 다른 한편으로 잃어버린 깃들이 불러일으킨 멜랑콜리로 허탈한 웃음이 솟는다. "현기증, 도취, 망아, 유열, 법열, 그러다 고요한 발광 가운데 황홀경 속에 눈을 까뒤집고 실신, 승천, 정면을 응시한 채 웃는 얼굴로 죽어버릴지도 몰라." 목욕탕 욕조 속에 몸을 담그고 거의 종교적인 법열감에 빠져드는 이런 과장 섞인 문장조차 입가에 절로 미소가 떠오르게 한다. 아, 당장 동네 목욕탕의 온탕에 가득 채워진 뜨거운 물에 뛰어들어 몸을 오래 담그고 싶다.

산다는 것이란 무엇일까? 삶은 영원히 풀 수 없는 수수께끼와 같아서 이것을 제대로 알고 말할 수 있는 자는 우리 중 아무도 없다. 우리는 삶을 두고 그저 "흐르는 모래시계, 아침해에 걷히는 안개, 부산하지만 반복되는 꿈"이라고 말할 수 있을 뿐이다. 그것은 너무나 빨리 지나간다. 그랬으니 "순간의 멈춤, 순간의 생각"으로 느꼈을 테다. 붙잡았다고 환호작약하는 순간 사라지는 행복도 마찬가지다. 그것은 말로 말할 수 없는 것에 속한다. 우리는 겨우 술이 주는 취기에 대해 찰나로만 다가오는 기쁨과 행복에 대해 말할 수 있을 뿐이다.

가장 행복한 술은 낮술이다. 한낮의 목욕탕에서 땀을 흘리고 나왔으니, 햇살 아래 낮술 한잔을 하고 싶은 것이다. 우리의 친애하는 만화가이자 술꾼께서는 한낮, 목욕탕에 다녀와 밝은 햇살 아래에서 마시는 맥주가 최고라고 엄지손가락을 치켜세운다. 술꾼이라면 응당 목욕을 하고 난 뒤 차가운 황금빛 맥주 한잔의 유혹에 기꺼이 빠지리라. 맥주 한 모금을 달라고 세포들이 아우성칠 때, 인생 만사가 흔쾌하게 용납되는 그 찰나 목구멍으로 넘기는 맥주 첫 모금이 어찌 맛있지 않을 수 있겠는가! 목욕의 느긋한 기쁨과 술의 기적에 기대어 도취와 망아의 무릉도원을 잠시 거닐다 돌아오련다. "지금 바로 일을 제쳐두고 가장 좋아하는, 혹은 아직 한번도 가보지 못한 목욕탕에 가자. 그리고 그 근처에서 시원하게 한잔 마셔버리지, 뭐." 나는 술 끊은 지 오래이지만 이런 문장을 읽으니 한잔의 유혹에 그만 가슴이 설렌다.

인생이라는
편도여행에
대하여

_____

"우리 모두 시궁창에 있지만 누군가는 별을 바라보고 있다."

오스카 와일드
(Oscar Wilde, 1854~1900)

봄가을을 예순 번이나 겪어보니 쓰고 달던 인생의 모호한 윤곽
도 제법 또렷이 나타난다. 벚꽃잎 난분분히 날리던 봄날의 저녁나
절을, 검은 구름이 몰아온 태풍과 폭우로 고생했던 여름날을, 가
을 아침의 쾌청함, 갑자기 몰아닥친 한파로 수도가 동파하고 난
방 없는 얼음방에서 이불을 뒤집어쓰고 긴 겨울밤을, 나는 겪었
다. 만나고 헤어져 아쉽고 슬픈 인연도, 만나서 잘못 어긋나 괴로
웠던 인연도 없지 않았지만 좋은 일들과 나쁜 일들을 더하고 빼보
니, 이번 생은 그럭저럭 좋았다. 인생이 무지막지할 만큼 파란만
장했지만 날마다 책을 읽고 산책을 하며 자주 여행을 떠날 수 있
었으니, 좋았던 셈이다. 아침마다 사과 하나를 깨물어 먹고, 두 끼
니 이상은 꼬박꼬박 챙겨 먹고, 두 다리를 뻗고 단잠을 잤으니, 행
운이 없었다고 말하기는 어려우리라.

단 일 회의 편도여행, 그것이 인생이다. 지도 없이 떠난 편도여
행에서 길을 잘못 들어 엉뚱한 곳을 헤매고, 구렁텅이에 빠져 벗
어나려고 고단하게 허우적이며 안간힘을 쓰는 사람도 어딘가에는
있는 법이다. 나는 아름다운 사람을 만나고, 절경을 만나 뜻밖에
횡재한 기분인 적도 있었다. 인생이라는 편도여행은 우연과 불운
들, 기이한 행운과 엇갈림의 연속이다. 분명한 사실은 이 편도여
행은 떠난 뒤 다시 돌아오지 못한다는 점이다. 다시 돌아올 수 없

음, 그 불가피성으로 이 여행은 슬픔과 아쉬움, 그리고 덧없음과 감미로움이라는 긴 여운을 남긴다.

여행은 인생의 시난고난을, 굴곡과 변화무쌍함을, 쓰라림과 달콤함을, 그 멜랑콜리를 잘 보여준다. 여행중 낯선 음식과 풍속으로 고생하고, 소지품 분실이나 황당한 사고와 맞부딪친다. 이렇듯 여행은 안락한 집을 떠나 고생을 사서 하는 것이다. 나는 자수 여행을 떠나 먼 곳에 있는 낯선 도시들의 거리와 상점들, 시장과 묘지들을 돌아보았다. 이국의 낯선 풍경에 매혹되어 그 앞에 오래 머물며 가슴 설렌 적도 있다. 인생이 그렇듯이 여행은 익숙하고 관성적인 것들을 떠나 낯선 외부, 즉 새로운 풍물, 새로운 사람들을 만나고, 게다가 예기치 않은 사고와 위험도 기꺼이 감수하는 일이다.

낯선 곳으로 떠나라. 당신에게 예기치 않은 즐거움과 자유를 줄 것이다. 뱀은 허물을 벗으면서 몸통이 커진다. 허물을 벗지 못한 뱀은 죽는다. 여행이란 내 존재의 외피를 감싼 허물을 벗는 일이다. 성장을 하려면 허물을 벗어라! 삶이 권태로울 때 여행 가방을 꾸려 떠나라! 여행 가방을 꾸리는 순간부터 여행은 시작된다. 여행은 관습적으로 이어지는 직업과 일상에서 벗어나는 일이다. 철학자 니체는 직업이 우리를 악과 망상에서 멀찍이 떼어놓을 뿐만 아니라 기분좋은 피로와 보수까지 준다고 했다. 철학자 니체는 "직업은 우리 생활의 척추다"라고 했다. 척추가 없다면 몸을 제대로 곧추세울 수가 없다. 그래서인가? 사람들은 한사코 다 직업을 가지려고 애쓴다. 월급 나오는 직업이 없으면 삶은 궁핍에 쪼들리고 누추해진다. 사람에게 손가락질 당하지 않는 직업들은 보람은 물론이고 사회의 일원으로 뿌리내리는 일에 보탬이 된다. 백수에 견줘 번듯한 직업을 가진 이들이 내보이는 떳떳한 자부심은 그런 것에서 연유한다. 한데 그 고마운 직업이 실은 아까운 인생의 시간을 갉아먹는다. 직업을 가진 이들은 하루 대부분을 그 직업을 위해 쓴다. 직업에 종속된 노예들이다. 여행은 이 종속에서 자신을 끊어낸다. 그러니까 여행은 자신을 노예 신분에서 해방시켜 제 삶의 자유인으로 되돌리는 기획이다.

여름 내내 폭염 속에서 일했으니 목욕탕이라도 가자. 노천탕이 좋다. 옷을 다 벗고 벌거벗은 뒤 뜨거운 물에 몸을 담그면 기분이 좋아지고, 어쩐지 만사가 다 잘 풀릴 것만 같다. 내 안의 비관적인 기질이 갑자기 낙관적인 것으로 바뀌는 것이다. 목욕을 하고 기분좋은 상태로 전골 요릿집에서 양껏 먹고 중국술을 곁들여 낮술도 한잔 걸치고, 흥건하게 취하고 싶다. 수고했어! 이젠 좀 쉬어도 좋아. 그래, 떠나자! 일정들을 다 멈추고 무작정 몽골 초원에 가서 며칠을 묵고 싶다. 11월이 가기 전 몽골 초원의 게르에서 아무것도 하지 않은 채 뒹굴다가 밤에는 밤하늘이 가득 품은 별들을 바라보고 싶다.

날이 밝은 뒤 늘 마음에 기쁨을 품고 깨어난다. 아침마다 사과를 먹고 하루를 시작하는 내 인생에 만족한다. 나이들수록 갈망하는 것을 줄이고 이미 손에 쥔 것들의 가치를 더 음미한다. 해마다 짬을 내서 먼 나라 여행하는 것을 큰 보람으로 여기는데, 여행은 마치 제 나라에서 추방당한 왕으로 여기저기를 떠도는 것과 같다. 조금은 쓸쓸하고 조금은 풍요로운 여행은 낯익은 세계에서 쫓겨난 탓에 그동안 만나지 못했던 뜻밖의 풍물, 인연, 경이로운 경험들을 겪게 한다.

오스카 와일드는 "우리 모두 시궁창에 있지만 누군가는 별을 바라보고 있다"라고 썼다. 시궁창에 있으면서 별을 바라보는 게 사람이다. 꿈과 갈망을 포기하는 순간 발 딛고 있는 현실은 시궁창 같은 나락에 지나지 않는다. 꿈과 갈망을 지닌 존재들만이 그 지옥에서 벗어날 수 있다. 10여 년 전 여름날 새벽, 중남미 여행 중 멕시코시티의 한 호텔 옥외 풀장에서 수영을 했던 기억이 떠오른다. 동이 터올 무렵 텅 빈 풀장에서 혼자 기분좋게 수영을 했다. 풀장의 물은 차가웠는데, 나는 물을 가르고 꽤 빠른 속도로 나아갔다. 몸이 차츰 더워지면서 차가운 물의 촉감이 감미로워졌다.

그때 성당 종소리가 뎅뎅 울려오고, 푸른 새벽빛이 펼쳐진 공중으로 비둘기들이 떼 지어 날아올랐다. 풀장을 나와 빛이 번져오는 동녘 하늘을 바라보았을 때 가슴은 환희로 벅찼다. 그때 나는 깨달았다. 여행이 느른하고 아등바등하는 삶에서 벗어나 기쁨으로 약동하는 삶으로 도약하는 일이라는 것을. 시궁창에서 별로 뛰어오르는 도약! 나는 사는 게 밋밋하고 시들시들해질 때면 어김없이 여권을 챙기고 여행 가방을 꾸린다. 사는 게 권태로운가? 여행을 떠나라! 그곳이 어디든 지금 여기가 아닌 낯선 곳으로!

저녁에
대하여

———————

"땅거미 질 무렵의 달리는 열차 안.
바깥의 자연광이 어스름해져 안쪽의 인공광과 같아질 때쯤이면,
앞을 향해 앉은 승객은 차창 속에서
자신을 향해 달려오는 어슴푸레한 풍경과,
대체로 가만히 앉아 있는 승객들의 모습이 반사된 내부 풍경.
이 시각이면 대부분의 승객은
매우 대조적인 이 두 가지의 풍경 중 하나를
무의식적으로 따라가게 된다."

로버트 그루딘
(Robert Grudin, 1938~)

한 작가가 그린 100년 전 여름 저녁 풍경이다.

내가 말하려는 것은 이 동네의 저녁이다.

저녁식사는 여섯 시였고 삼십 분 후면 끝났다. 아직 햇빛이
남아 부드럽고 흐릿하게 조개 속껍질처럼 반짝였고 그 흐릿
한 빛 속에서 모퉁이 탄소등이 켜지고 메뚜기가 울기 시작하
고 반딧불이가 날아다니고 이슬 맺힌 풀밭에 개구리 몇 마리
가 팔딱거릴 무렵 아버지들과 아이들이 밖으로 나왔다. 아이
들이 먼저 무작정 서로 별명을 외치며 달려나가고 나면 십자
멜빵을 맨 아버지들이 한가로이 뜰로 내려섰다. 옷깃을 풀어
헤친 아버지들의 목이 길고 수줍어 보였다. 어머니들은 부엌
에 남아 그릇을 씻고 말리고 치우며 평생 반복되는 꿀벌의 여
행처럼 흔적 없는 자신의 발자국을 되밟고 아침에 먹을 코코
아 가루를 개량해두었다. 앞치마를 벗고 어머니들이 밖으로
나오면 치마가 축축하게 젖어 있었다. 어머니들은 현관 베란
다 흔들의자에 말없이 앉았다.

제임스 에이지, 「녹스빌 : 1915년 여름」

1915년 여름은 내가 태어나기도 훨씬 전이다. 그해에도 여름이
오고, 사람들은 여름 저녁의 빛 속에서 서 있었던 모양이다. 십자

멜빵을 맨 아버지들, 벌써 아침거리를 준비한 어머니들이라니! 이 따뜻한 문장을 다 읽기도 전에 내 속눈썹은 젖어든다. 이 문장들이 내가 잃어버린 것들을 떠올리게 했던 것이다. 아아, 이제 내겐 아이들도, 어머니도, 아버지도 없구나! 뜰과 거실을 가로지르는 사람 그림자 하나 없고, 물론 사람의 말소리도, 까르륵거리는 아이들의 웃음소리도 전혀 들리지 않는다. 내가 잃은 것은 빛이다! 빛이 사라진 자리를 채운 것은 적막, 깊은 적막. 나는 혼사 이 적막을 견디고 있다. 애초 푸른 이내가 내리는 저녁 시간은 내가 사랑하던 시간이 아니었던가!

우리는 '박모薄暮의 시간'이라고 하고, 프랑스에서는 '개와 늑대의 시간'이라고 한다. 시골에서 저녁은 빛의 속도만큼이나 빠르게 사라진다. 석양의 빛들이 사물과 풍경을 환하게 물들였는데, 어느새 빛은 증발해버리고 그 빈자리를 푸른 이내가 밀물로 밀려와 채우는 것이다. 밤나무들과 관목 숲, 너른 저수지, 이마에 닿는 산, 이웃들 집의 지붕들은 푸른 이내에 잠긴다. 푸른 이내가 빛과 어둠 사이의 시간대를 물들이지만 아직 빛은 완전히 탕진되지 않은 채 공중에 희미하다. 푸른 이내는 침묵과 부동不動이 불가피하게 빚어내는 빛이다. 그 시각 내 가슴에 사무치는 것들이 여럿 있었다. 덧없이 지나간 인생의 찰나들, 붙잡지 못하고 놓쳐버린 애인들. 이것들이 새파랗게 살아와서 내 가슴을 들쑤시는 것이다. 나는 살뜰하게 살지 못했다.

시골에 사는 동안 나는 아버지 먼저 떠나보내신 뒤 서울 성북동에서 혼자 밥 끓이며 사는 노모를 모셔왔다. 노모와 사는 동안 삶은 적막했다. 어둑어둑해진 마당 끝에 출몰하는 너구리와 오소리는 쉬이 분간되지 않았다. 희미한 빛이나마 있었다면 너구리는 너구리, 오소리는 오소리 하고 구분했겠지만 이미 어두워진 뒤라 그 가망은 해골이나 쓸모를 잃은 자물쇠와 같이 속절없는 것이 되고 만다. 풀숲에서 풀벌레가 가느다랗게 울 때 노모는 부엌에서 불을 켜고 저녁식사를 차렸는데, 가을 저녁엔 저녁 식탁에 간고등어를 굽고 김장김치와 청국장을 올렸다. 노모는 식탁에서 간간이 돈 얘기를 하고, 나는 인생의 장엄과 덧없음에 대해 생각하면서 노모의 얘기를 못 들은 척한다. 밥술을 뜬 뒤 나는 서재로 건너오고 오랜 유적이 긴 세월 풍상 속에 삭아가는 듯 노모는 쓸쓸함 속에 방치되었다.

노모는 헛배가 부르고 소화가 안 된다고 자주 약국에서 소화제를 지어다 먹었다. 병원에 가서 검사를 받아보시라고 권했으나 그럴 때마다 필요가 없다고 심드렁한 반응을 보이곤 했다. 그렇게 한두 해가 지난 어느 날 여동생과 함께 대학병원에 가서 검사하고 오시더니 대장에 악성 종양이 있다고 전했다. 노모는 입원해서 말기 암을 떼내는 수술을 하고 방사선 치료를 시작했다. 노모는 대장암 선고를 받고 2년을 더 연명한 뒤 요양병원 중환자실에서 임종을 맞았다. 나는 어머니를 여의고 시골집에서 혼자 저녁을 맞았는데, 그 쓸쓸함을 견딜 수가 없었다. 혼자 밥 끓이고 밥을 뜨는 동안 나는 어둠 속에 멍하니 앉아 있곤 했다. 그럴 때마다 살다, 하다, 먹다, 가다 따위와 같은 동사 일체를 잃어버리고 실어증 걸린 사람처럼 아, 어, 느, 니, 크, 스 이런 뜻 없는 난음절의 말만 겨우 뱉어냈다.

정오가 불꽃을 짠다던 발레리의 시구 같은 젊음의 시간은 저 너머로 사라졌다. 나는 젊지 않다. 젊음은 이미 돌이킬 수 없는 시간이 되고, 나는 지독한 자폐감에 감싸인 채 밤을 맞는다. 어느 날인가는 숨이 턱턱 막히는 것만 같았다. 내 시골집을 드나들던 정체를 알 수 없는 비구니가 있었는데 — 그이는 가끔 내게 편지를 써갖고 와서 읽어주고 편지는 도로 가져갔다. 그이가 왜 내게 편지를 썼는지 그 사정을 지금도 가늠할 수가 없다 —, 혹은 저 혼자 나를 연모해 주말마다 먼 지방에서 새벽 기차를 타고 안성까지 찾아오던 여자도 있었는데 — 약간 신기가 있었던 그이는 어느 날 내 구두 한 짝을 갖고 달아났다. 그 구두 한 짝은 나중에 택배 편으로 돌려받았다 — 그런 말벗이라도 있으면 했다.

고적하게 보낸 그 많은 시골의 저녁들, 그 시각 나는 감히 빛을 탕진해버린 고독의 제왕이었다. 나는 떠나지도 못하고 머물지도 못하리라. 내겐 어디로 떠날 여비가 한푼도 남아 있지 않으니까! 내 여비는 이 세상을 비추는 빛이다. 초여름 마당에 내리는 빛, 흰 꽃봉오리를 막 열어젖트린 수련의 꽃잎 위에 머물던 빛, 배롱나무 가지마다 만개한 붉은 꽃을 부드럽게 감싸던 늦여름의 빛, 어디에나 하얀 화염으로 거침없이 타오르던 염천炎天의 빛, 빛, 빛, 빛들. 내 인생의 어느 날, 나는 그 빛들을 다 잃고 말 것이다. 나는 모든 걸 걸었다가 판돈을 다 날린 가엾은 도박꾼. 오오, 나는 고독의 삼엄한 수호자. 이 저녁 이 절망의 삼엄함에 놀라서 누구도 감히 내게 말 붙이지 못하리라.

3부

헤아린다

예술가의
지복에
대하여

―――――

"글을 쓰거나 그림을 그리는 사람이 행복한 이유는
날마다 기적을 경험하기 때문이다.
기적은 정말 날마다 오니까."

거트루드 스타인
(Gertrude Stein, 1874~1946)

미국 작가 거트루드 스타인이 쓴 『앨리스 B. 토클라스 자서전』이라는 책이 있다. 한국어 번역본은 10년 전 처음 나왔다가 최근 다시 나왔다. 이 자서전의 주인공은 제목과는 달리 토클라스가 아니라 거트루드다. 토클라스는 거투르드의 동성 연인이자 사업 파트너로 두 사람은 파리에서 25년을 살면서 '플레인에디션'이란 출판사를 꾸렸다. 거트루드는 토클라스를 빌려 제 일생을 회고하는 책을 남긴 것이다. "이런 말을 해도 좋다면, 내가 평생 만난 천재는 세 명뿐이며, 그들 한 사람 한 사람을 처음 본 순간마다 내 안에서 종소리가 울려퍼졌다는 것, 그 소리에는 어떤 실수도 없었다고 말하겠다. 내가 말하고 싶은 세 명의 천재란 거트루드 스타인, 파블로 피카소, 그리고 알프레드 노스 화이트헤드다." 아하, 스스로를 천재라고 자화자찬하고 있는 사람이라니! 이런 대목은 애교로 눈감아주자. 그럴 만한 가치가 있다. 이 책은 20세기 예술의 성지가 된 파리가 수많은 천재 예술가들에게 어떤 영감을 주었는지를, 무명 예술가들이 어떻게 거장으로 성장하는지를 생생하게 보여준다.

예술가들이 젖과 꿀이 흐르는 파리로 밀려들던 20세기 초, '플뢰뤼 가 27번지'의 한 아파트에는 예술계의 신성新星들이 모여들었다. 방 두 개와 12평 스튜디오로 이루어진 거트루드의 아파트는 훗날 예술의 성지로 떠오른다. 여기에 피카소, 마티스, 세잔, 마네와 같은 화가들뿐 아니라, '잃어버린 세대'를 대표하는 작가들인 헤밍웨이, 피츠제럴드, '검정고양이'라는 카바레에서 피아노를 연주하던 에릭 사티, 사진작가 만 레이 등이 모였다. 이들은 신작 그림을 걸고, 새 곡을 연주하며, 문학사조에 대한 토론을 벌이면서 거트루드의 아파트 살롱에서 밤마다 예술적 열기를 뿜어내며 예술이 베푸는 지복을 취하도록 맘껏 들이켠다.

1874년 미국 펜실베이니아 주의 부유한 집안에서 태어난 거트루드는, 자신도 작가였지만 재능은 부족했다. 그 대신 다른 사람의 내면에 잠재된 예술적 천재성을 알아보는 명석함을 가진 사람이다. 거트루드는 7세 연하인 피카소와 특별한 우정을 나눈다. 피카소는 거트루드에게 모델이 돼줄 것을 부탁해서 그의 초상화를 단숨에 완성한다. 거트루드는 피카소와 마티스와 세잔의 천재성을 일찍이 꿰어보며 이들을 후원하고, 아직 이십대이고 기자이자 신출내기 작가였던 헤밍웨이에게 기자직을 그만두고 작품을 쓰라고 권한다. 과연 피카소나 세잔은 거장이 되고, 헤밍웨이는 첫 소설『해는 또다시 떠오른다』를 내놓으며 위대한 작가로서의 첫발을 내딛는다. 거트루드는 무명 예술가들의 재능을 찾아내고 그들의 경제적 후견인이자 멘토로 나서면서 20세기 현대 예술이 꽃피는 데 기여한다.

예술 창작의 보람과 기쁨은 항상 돈으로 보상이 되는가? 그 대답은 'NO'다. 생전에 명성과 부를 거머쥐는 예술가도 없지 않지만 그런 이들은 1퍼센트에 지나지 않는다. 예술가들 99퍼센트는 가난과 고독 속에서 살다 죽는다. 그림 두 점을 팔았던 빈센트 반고흐같이 죽은 뒤 작품 가치가 올라가는 경우도 있지만 그 이득은 작품을 헐값에 사들인 소장자의 몫이다. 이중섭은 집도 절도 없이 여관 등지를 떠돌다가 죽고, 박수근은 미군 초상화를 그리며 근근이 가족 생계를 해결하고, 권진규는 고독과 병고를 이기지 못해 아틀리에에서 목을 맨다. 어디 그들뿐이랴. 한국의 로트레크라 불리며 불구의 몸으로 훌륭한 작품들을 남긴 손상기나 불운 속에서 젊은 나이에 생을 마친 재미화가 최욱경도 마찬가지다. 작가들은 불행의 지고함 속에서 오로지 예술혼이라는 한줄기 빛을 찾을 뿐이다.

예술가의 황홀경은 작업 그 자체에 있지 물질적 보상에 있지 않다. 돈을 앞세우는 예술가가 욕먹는 것은 돈을 밝힘으로써 예술혼을 배반했다고 여겨지는 까닭이다. 20세기 현대 예술의 대모代母인 거트루드는 가난을 두려워하지 않고 제 예술세계에 빠져 행복해하던 수많은 20세기 천재들을 가까이 지켜보며 이런 사실을 뼛속까지 깨달았다. 그가 남긴 "글을 쓰거나 그림을 그리는 사람이 행복한 이유는 날마다 기적을 경험하기 때문이다. 기적은 정말 날마다 오니까"라는 말은 새겨볼 만하다. 예술가는 글을 쓰거나 그림을 그리거나 그 작업에 몰입하면서 기적을 겪는다. 그들이 돈의 유혹을 이겨내는 것은 작품에 몰입하면서 얻는 황홀경을 예술가의 보람과 기쁨이자 기적으로 여기기 때문이다.

예술가의
고독에
대하여

"사람들의 생각대로 사는 것은 쉽다.
고독한 가운데 내 소신대로 사는 일도 마찬가지로 쉽다.
그렇지만 진정 위대한 사람은
군중 속에서도 고독이 주는 완벽한 달콤함을 느낀다."

랄프 왈도 에머슨
(Ralph Waldo Emerson, 1803~1882)

시속時俗을 따라 사는 건 어려운 일이 아니다. 타락한 세상의 진흙탕에 뒹굴며 제 잇속이나 챙기며 적당히 산다 한들 다들 비슷한 삶을 꾸리니 누가 나서서 나무랄 일도 없다. 예나 지금이나 남들과 달리 뾰족하고 올곧게 사는 것은 도드라진다. 옛 문인의 문장을 보면 그들도 시속에 타협하며 편하게 사느냐, 아니면 곤핍하더라도 올곧게 사느냐 하는 데 고민이 있었던 듯하다. 조선 후기의 선비 송문흠宋文欽은 「시속과 반대로 사는 일」이란 글에서 "남들이 하지 않는 것을 하는 것은 괴怪요, 남들이 하는 것을 하지 않는 것은 노勞다. 시속을 따르면 편하고 출세하는데, 밖으로 그들과 조화를 이루고 안으로 마음에서 지키면 그것으로 충분하다"라고 썼다. 남들 따라 사는 것이 원만한 삶의 방식일 테다. 그렇게 살면 튀지 않을뿐더러 남들의 질시나 배척을 사는 일도 없기 때문이다.

의롭지 않음에 분노하지 않고, 시속의 혼탁에 묻혀 산다. 그렇더라도 소신대로 살면 된다고 스스로를 다독이는 것은 남과 달라서 미움을 사고 따돌림 당하는 고통을 회피하려는 심리다. 나쁜 짓도 하지 않지만, 세상을 바꾸려는 일에 앞장서지도 않는다. 이게 보통 사람의 마음이요, 대개 더러운 세상과 적당한 거리를 두고 나만 나쁜 사람이 되지 않으면 돼, 하고 안도하는데, 이렇게 타협하며 사는 이들에게 송문흠은 까칠하게 묻는다. "천금의 보배가 있으면 반드시 궤짝에 감출 것이요 겹겹이 싸서 숨길 것이지만, 이를 시장에다 내다 버리고 사람들에게 '내가 궤짝을 버린 것일 뿐, 그 안의 보배는 내 정말 지키고 있다'라고 한다 해서 어찌 그 보배를 지킨 것이라 할 수 있겠는가?" 장삼이사의 마음에 씌워진 위선과 허위의식을 아프게 찌르는 말이 아닐 수 없다.

우리네 보통 사람은 별다른 고민 없이 다중多衆의 생각과 이념을 따르며 산다. 무리에 묻혀 사는 게 편한 까닭이다. 시속을 거스르며 한결같이 올곧게 사는 건 고독한 일이다. 호랑이는 먹이사슬의 맨 꼭대기에 있는 포식자인데, 무리 짓지 않고 밀림을 혼자 어슬렁거리며 산다. 한 시인은 호랑이를 두고 이렇게 쓴다. "이름 모를 강둑 진흙 밭에 발자국을 남기고/. (…)/ 야만적인 거리를 돌파하며/ 뒤얽힌 미로에서 코를 킁킁거리며/ 새벽 내음과 사슴 냄새를 맡네."(보르헤스, 「또다른 호랑이」) 무리 짓지 않는 단독자의 고고한 고독을 선호한다는 점에서 호랑이와 예술가는 닮아 있다.

부귀영화를 좇을 것이냐, 혹은 창조의 고독을 선택할 것이냐, 하는 기로에서 예술가들은 후자를 선택한다. 그 결과가 가난과 절대 고독이라 할지라도 선택은 바뀌지 않는다. 가난과 절대 고독이 예술 창작의 조건이라고 통찰하는 까닭이다. 18세기 조선 화가 최북과 우리 시대의 빼어난 조각가 권진규를 보자. 최북은 한 권력가가 신선 그림을 요청하자 보지 못한 것은 그릴 수 없다고 단박에 거절한다. 권력가가 "네 목을 쳐도 그리지 않겠느냐?"고 윽박지르자, 최북은 붓대를 들어 제 눈을 찌르고는 "내 눈이 보지 못하면 그림도 그릴 수 없겠지요"라고 대꾸하는 삼엄한 기개를 드러낸다. 조각가 권진규는 일본의 무사시노 미술대학 교수 자리 제안도 뿌리치고 한국으로 돌아왔지만 그의 재능을 시샘하는 사람들의 따돌림을 당한다. 최북은 장님으로 떠돌며 기행을 일삼다가 술취한 채 얼어죽고, 권진규는 가난과 병고에 실연의 아픔이 더해져 뼛속 깊이 파고드는 고독에 끝내 무너졌다. 제 작업실에서 목매어 죽은 권진규는 "범인凡人엔 침을, 바보엔 존경을, 천재엔 감사를"이라고 제 오연함을 숨기지 않은 문구를 남겼다. 떠오르는 의문 하나. 과연 예술가의 삶이란 불행하기만 한 것일까? 예술가의 행복은 보통 사람의 잘 먹고 잘 사는 것과는 다른 행복이다. 시인과 화가들은 가난과 고독으로 얼룩진 형극의 길을 지복의 조건으로 바꾼다. 최북과 권진규가 그랬듯이, 고흐나 랭보가 보여주었듯이 예술가는 불행과 고독을 회피하지 않는다. 오히려 불행과 고독이 없는 것을 수치로 여긴다. 그들은 군중 속에서도 고독이 주는 완벽한 달콤함을 느끼며 누구나 누리는 행복을 굳이 마다하고 사는 이상한 종족인 것이다.

단 한 번의
여름에
대하여

———————

"여름의 향기를 느낀 것은 오랜만이다.
바닷바람, 먼 기적 소리, 여자아이 피부의 감촉,
헤어린스의 레몬 향,
서양의 바람, 옅은 희망, 그리고 여름의 꿈……."

무라카미 하루키
(村上春樹, 1949〜)

여름 절기를 기상학에서는 6·7·8월을, 천문학에서는 하지에서 추분까지를, 24절기로는 입하에서 입추까지를 이른다. 여름에는 태양의 고도가 높아져 뜨거운 일사광선이 대지 위에 흩뿌려진다. 이 햇빛을 쪽쪽 빨아들여 수목들은 울울창창해지고, 과일들에는 단맛이 깊어신다. 단맛이 깊고 수분이 많아 물큰한 장호원의 과수 농가에서 수확한 복숭아들이 국도의 노점에 나오는 것도 이즈막이다. 두툼하게 썬 민어회를 먹는 것, 여름 강가에서 잘 익은 수박과 천렵한 물고기를 끓인 어죽탕을 먹는 것, 초저녁 애호박을 잘게 썰고 끓인 뜨거운 밀국수를 후후 불며 먹는 것도 여름에 누리는 기쁨들이다.

여름엔 녹음방초가 우거지며 연중 가장 많은 꽃들이 피어난다. 아카시아, 밤나무, 산딸나무, 층층나무, 조팝나무, 노각나무, 치자나무, 함박꽃나무, 배롱나무, 자귀나무들이 차례대로 꽃을 피워 가지마다 매단다. 어디 그뿐인가. 꽃은 산과 들에도 지천이다. 큰꽃으아리, 닭의장풀, 흰개여귀, 백선분홍자줏빛메꽃, 노란 달맞이꽃, 붉은 자줏빛 꿀풀, 노란 꽃잎의 원추리, 자주보라의 꽃창포, 붉은 참나리, 황등색 범부채, 붉은 패랭이꽃, 연분홍 술패랭이꽃, 마타리, 하늘색의 잔디, 도라지 등이 아름다운 여름꽃들이다.

나는 '여름'이라는 말을 정말 좋아한다. 이 계절에 호감을 품고 있으니, 여름이라는 말의 어감도 덩달아 좋아진 것이리라. '여름, 여름, 여름' 하고 발음해보면, 모음들이 입안에 가득차며 맑은 노래처럼 울린다. '여름'은 과일들이 달리고 둥글게 부푸는 현상, 즉 '열음'과 소릿값이 똑같다. 두 말의 뿌리도 하나이리라. 여름은 추위가 없으니 노숙자도 살 만한 계절이고, 만물이 제 과실을 열고 익히매 먹을 게 풍성해져 가난해서 주린 배를 채우기도 좋다. 여름이라고 발음할 때 나는 소리의 양명함에 매혹되어 남동생이 첫딸을 얻은 뒤 작명을 부탁했을 때 지어준 이름도 '여름'이다.

말복 지나자 여름의 기세는 한풀 꺾여 누그러진다. 태양이 뿜어내는 사나운 화염은 쇠잔해지고, 열대야도 자취를 감춘다. 더위와의 싸움이 싱겁게 막을 내릴 무렵, 여름 끝물로 나오는 과일들은 당도가 높다. 나는 한입 베어 물면 즙이 넘치는 복숭아와 붉은 과육이 서릿발같이 꽉 찬 수박을 좋아한다. 여름이 끝나면 이 달콤한 제철 과일들을 즐길 수 없다는 생각에 묽은 슬픔이 번진다. 가을 초입으로 들어서면, 곧 삼청동 거리에 선 은행나무 잎들이 노랗게 물들어간다. 밤은 길어지고 공기는 서늘한 기운을 품으면서 풀숲의 풀벌레는 여읜 소리로 울어댄다. 달은 높이 떠서 풀벌레들이 떼 지어 부르는 가을 찬가에 귀기울이며 밤의 구석구석을 굽어보며 순찰한다.

지난여름은 장엄했다. 도처에 넘치는 흰빛들은 그 눈부심으로 눈을 멀게 한다. 흩뿌려지는 일광은 우리 내면의 의혹과 불안을 지워 없애버린다. 우리는 연신 물을 들이켜고 살아남기에 급급했지만 넘실대는 햇빛은 곡식들의 알갱이를 실하게 하고, 푸른 가시를 세운 밤송이 속 밤톨들을 여물게 한다. 여름이 끝나면 아이들은 팔과 다리가 햇빛에 그을린 채 키가 한 뼘쯤 자라고 한결 의젓해진다. 나는 에어컨을 켠 카페나 도서관에 가서 한나절을 보내며 서책 몇 권을 읽거나 그보다 많은 소설책들을 꾸역꾸역 읽으며 보냈다. 독서는 독충에 물리거나 여행 가방을 분실하는 일 따위가 없는 꿈의 여행이다. 여행이 두 발로 돌아다니며 하는 독서고, 독서가 한자리에서 하는 여행이라는 점에서 둘은 기묘하게 닮았다. 우리의 여행은 오직 달콤한 몽상과 멜랑콜리로만 이루어진다.

먼 곳으로 여행을 떠나 고생을 하는 것은 예사로운 일이지만 그걸 마다하지 않는 것은 그 안에 큰 기쁨이 있기 때문이다. 낯선 고장들을 걸으며, 풍경들을 맛보고, 냄새 맡고, 만져보고, 폐부 깊이 빨아들인다. 풍경은 장소의 물질적 외관의 총합이 아니다. 풍경은 장소를 이루는 물질들과 태양, 바람, 비, 눈 같은 변화무쌍한 기후들을 버무려서 빚어낸다. 나는 부산을, 강릉을, 담양을, 통영을, 목포를, 제주도를 찾아서 마냥 걸었다. 그리고 단테가 구원久遠의 여인인 베아트리체와 만났던 피렌체를, 니체가 말에 채찍질하는 마부를 가로막으며 광기를 드러내며 미쳐버린 토리노를, 벤야민이 유대인 가정에서 태어나 유복한 어린 시절을 보낸 베를린을, 『그리스인 조르바』의 작가 카잔차키스의 돌무덤이 있는 크레타를, 카프카가 낮엔 노동재해보험 회사에 근무하고 밤엔 소설들을 썼던 프라하를, 사르트르와 시몬 드 보부아르가 평생 집 없이 살며 호텔방과 카페를 오가던 파리를, 오르한 파묵이 작가의 꿈을 키운 보스포루스 해협을 낀 이스탄불을, 전혜린의 이국적 정서를 폭발시켰던 저녁이면 가스등이 밝혀진 뮌헨을, 김환기가 화폭에 점 하나씩 찍으며 고국의 벗들에 대한 그리움을 달래며 작가 생활을 이어가던 뉴욕을 돌아다녔다.

여행이 끝나면 조촐한 일상들로 돌아온다. 여름의 일들은 여름의 것으로 아득해진다. 무라카미 하루키가 스물아홉 살에 쓴 제 첫 소설 『바람의 노래를 들어라』에서 썼던 다음과 같은 문장들이 그렇다. 하루키는 이렇게 썼다. "여름의 향기를 느낀 것은 오랜만이다. 바닷바람, 먼 기적 소리, 여자아이 피부의 감촉, 헤어린스의 레몬 향, 석양의 바람, 옅은 희망, 그리고 여름의 꿈……." 이마에 주름 몇 개를 그으며 은행잔고를 살펴보듯이 내게 남은 여름이 몇 번인지를 헤아려본다. 나는 여름을 예순 번이나 맞고 떠나보냈다. 오, 여름의 그 많던 빛들이여! 우리는 지난여름의 추억을 맛있는 빵처럼 떼어 먹으며 새 계절을 맞고 살아낸다. 여름의 빛 같은 영화榮華와 세계 편력遍歷들, 그리고 사랑으로 가슴 벅차던 젊은 날들이 있었지. 오, 젊음의 그 눈부심이여! 그 지칠 줄 모르는 분방함이여! 이제 그것들은 추억으로 남아 노년의 고독과 서글픔을 덜어주고 버티게 해주는 보험이 될 것임을, 나는 믿는다.

나이든 자의 실패와 시행착오는 인생 경력에 치명적 흠집을 남긴다. 새 일에 대한 도전과 충동의 강도가 낮아지고, 더 신중해지는 것은 그런 까닭에서다. 예사로 밤을 새우며 일에 빠져들기도 힘들다. 나이든 자의 숭고함은 경험의 원숙성과 숙고, 젊음의 비릿한 욕망에서 초연해지는 데 있을지도 모른다. 나이가 들면 육체의 쇠락이나 감정의 메마름은 불가피하다. 그 고갈과 메마름을 욕심 비운 무심함, 세상을 향한 너그러움, 고요한 통찰과 신중함들로 대체한다. 내 인생의 여름은 어느덧 끝난다. 나는 새로 오는 노년이라는 새 계절을 바라본다. 내 인생은 뿌리고 기른 것을 수확하는 가을을 맞는다. 기르고 거둔 것을 갈무리해서 인생의 겨울을 날 채비를 서둘러야 한다.

실패에
대하여

"태양을 잃었다고 울지 마라,
눈물이 앞을 가려 별을 볼 수 없게 된다."

라빈드라나트 타고르
(Rabindranath Tagore, 1861~1941)

한동안 연락이 끊겼던 후배가 불쑥 찾아왔는데, 몇 해 사이 얼굴이 많이 상해 있었다. 후배는 출판사를 정리했다고 말하며, 책 한 꾸러미를 내 앞에 내려놓았다. 읽을 만한 책들을 묶어 가져온 것이라 했다. 출판사를 야무지게 꾸린다는 소식을 들었는데, 폐업은 급작스러웠다. 아파트 담보로 융자받은 돈을 털어넣고 버텼지만 한글 창제 이후 최악이라는 출판계 불황에 손을 들고 말았다고 한다. 소주 몇 잔을 거푸 들이켠 후배 얼굴은 불콰해졌다. "왜 살기가 점점 힘들어져만 갈까요?" 그의 탄식이 깊었다. 아파트가 경매로 넘어가 어린 자식과 처를 거느리고 길거리로 나앉게 된 가장의 절망을 어찌 다 헤아릴 수 있으랴! 연신 술을 들이켜는 그의 손을 붙잡았지만, 돌아오는 내내 그의 어깨가 처진 뒷모습이 눈에 삼삼했다.

살면서 실패를 겪지 않은 사람은 없다. 누구나 입학시험에서 실패하고, 작품 공모에서 낙방하고, 사업을 거덜낸다. 실패는 쓰라린 경험이지만 사람은 실패로 내면이 더 단단해지고 넘어진 자는 일어서는 법이다. 실패는 성공을 위한 비용이다. 믿기 어렵겠지만, 신드롬을 일으키며 수억만 부 팔린 조앤 K.롤링의 베스트셀러 『해리포터』 시리즈도 처음엔 여러 출판사에서 거절당했다. 하마터면 아무도 모르게 묻힐 뻔한 이 판타지 소설이 빛을 본 건 한

눈 밝은 편집자 덕이다. 도무지 믿기지 않겠지만 마르셀 프루스트의 『잃어버린 시간을 찾아서』 역시 작가가 갈리마르에 원고를 보냈다가 딱지를 맞았고, 플로베르의 『보바리 부인』이나 나보코프의 『롤리타』도 이런저런 이유로 출판 부적격 판정을 받았다. 세계문학의 거장이라는 이들도 무명 시절에는 출판사의 거절을 수없이 많이 겪었다. 그 거절 편지를 다 모으면 "거대한 타지마할 모형을 만들 수 있을 정도"라고 한 작가는 말한다.

성공한 이들도 길을 찾아 머뭇거리고 방황하고, 실패와 시행착오를 겪는다. 철학자 니체는 "길의 우회, 옆길로 새기, 주저함, 소심함, 그리고 실패는 길을 찾는 데 필요한 과정"이라고 말한다. 나쁜 것은 실패가 아니라 실패의 두려움 때문에 아무 시도도 하지 않고 주저앉는 것이다. 시도했으니까 실패한다. 시도가 없었다면 실패도 없다. 실패에 자책하지 마라. 무엇인가를 시도하고 실패한 경험이 훗날 성공의 밑거름이 된다. 지엠에서 연구개발을 했던 찰스 케터링은 말한다. "가만히 서 있으면 절대로 발가락을 찧을 일이 없다. 빠르게 움직일수록 발가락을 찧기 쉽지만 그만큼 어딘가에 도달할 가능성도 커진다." 멈춰 있으면 점점 뒤로 밀려난다. 살아 있다면 계속 움직이고 시도하고 또 시도하라.

정직한 이들이 실패하고, 바퀴벌레와 악인들이 득세한다면 이건 미친 사회다. 소설가 조지프 헬러는 "성자는 타락하고, 중책을 맑은 사람은 이익을 위해 영혼을 판다"라고 했다. 바로 우리 현실을 콕 집어 얘기하는 것 아닌가? 강한 자가 약한 자의 것을 빼앗고, 돈이 돈을 불리는 세상은 뻔뻔함과 악덕들이 활개를 치는, 정의가 실종된 사회다. 정직한 가난을 덕이라고 찬미했던 스스로를 돌아보지 않을 수 없었다. 미안하구나, 후배여! 부디 살아남아라. 살아 있다면 아직 기회가 있다. 살아 있음을 즐거워하고, 그것을 자축하라. 실패가 성장을 위한 훌륭한 디딤돌이라는 것을 기억하라. 높이 날고자 한다면 걷는 법을 잊지 마라. 성공은 더 많은 실패를 먹고 자란다. 그러니 더 멋진 인생을 위해 더 잘 실패하라. 그 실패에 지지 말고 실패를 딛고 일어서라.

실패했다고 주저앉는 사람은 태양을 잃었다고 우는 어리석은 사람이다. 그가 어리석은 것은 우리가 태양을 잃는 일은 일어날 수 없는 불가능한 일인 까닭이다. 인도 시인 라빈드라나드 타고르는 "태양을 잃었다고 울지 마라, 눈물이 앞을 가려 별을 볼 수 없게 된다"라고 했다. 태양이 하늘의 유일한 별은 아니다. 태양이 진 뒤 어둠 속에 별들 수천억 개가 떠오른다. 별들은 떠올라 영롱한 빛을 반짝이는데, 이는 실패 뒤에 무수히 많은 가능성들이 반짝이는 것과 같다. 실패에서 더 많은 것을 배워라. 아직 목적지에 닿지 못했다고 투덜대지 마라. 저멀리 보이는 목적지에서 눈을 떼지 말고 바라보면서 계속 걸어가라. 그리고 어떤 경우에도 걸어가는 법을 잊지 않도록 조심하라!

노스탤지어에
대하여

———————

"노스탤지어는 모든 반복이 진짜가 아님을 슬퍼하고,
반복을 통해 동일성에 도달할 가능성을 부인하는 반복이다."

수잔 스튜어트
(Susan Stewart, 1952~)

젊은 아버지가 직장을 찾고 생활에 안정을 찾자 외조모에게 의탁했던 어린 장남을 서울로 불러올렸다. 열 살 때의 일이다. 나는 열 살이 되어서야 가족과 함께 살 수 있었다. 가족과 함께 사는 것은 기뻤지만, 시골과 어린 시절을 잃어버린 것은 인생에서 처음 맛본 슬픈 일이었다. 천방지축으로 뛰놀던 낮은 산과 너른 들, 외삼촌들을 따라가 물고기를 잡던 샛강이 눈앞에 삼삼했는데, 그럴 때마다 코끝이 시큰해져 서러운 눈물 두어 방울 흘리기 일쑤였다. 한동안 서울의 낯선 환경에 적응하지 못해 겉돌았고, 걸핏하면 달콤하고 씁쓸한 감정에 젖은 채 허우적이곤 했다. 나는 어린 시절에 겪은 그 대상 없는 슬픔과 불가능한 욕망을 만드는 기제들을 생생하게 느낀다.

사람들은 고향에서 보낸 제 어린 시절을 장밋빛 기억으로 회고한다. 아무리 꽁보리밥을 먹었고 그마저 자주 걸렀을지언정 고향을 둘러싼 기억은 아련한 광휘를 두른 행복으로 윤색되는 것이다. 이는 기억의 마법 때문이다. 고향은 낙원의 대체물이다. 한번 떠난 고향은 결핍이고 부재로써만 마음에 새겨진다. 그것은 무의식의 기억으로만 남는다. 이 망각 기억은 우연한 계기에 복원되는데, 이 망각에서 건진 기억들이 고통과 수난을 견디게 하는 힘이다. 그래서 사람들은 먼바다로 나아갔던 연어들이 모천母川으로 회귀하듯 고향으로 돌아갈 꿈을 꾼다. 돌아갈 고향이 없는 자는 돌아가 머리 누일 곳이 있는 자보다 불행이 더 큰 법이다.

감정은 기억이라는 자양분을 빨아들여 풍요로워진다. 기억이란 뇌에 저장된 과거 경험들일 뿐이다. 전문가들은 기억이 부호화, 응고화, 인출이라는 세 단계를 거치고, 이것들이 절차 기억, 지각 기억, 의미 기억, 일회적 기억들로 나뉘어 뇌의 '문서실'에 보관된다고 말한다. 기억은 뇌의 대뇌변연계의 두 곳, 즉 해마와 편도체라는 부분에 저장된다. 우리 뇌 속의 해마와 편도체는 문서실의 서랍처럼 기억들을 간수한다. 우리는 기억이라는 토대 위에서 저마다 삶을 세우는 까닭에 기억을 잃으면 삶의 토대를 잃는다. 치매 환자는 기억이 끊긴 자리에서 기억의 연속성 없이는 최소한도의 삶도 꾸릴 수 없음을 또렷하고 끔찍한 방식으로 보여준다.

미국 남북전쟁 때 건장한 병사들이 갑자기 시름시름 앓다 죽었는데, 그 원인은 향수병 때문이었다. 전쟁이 계속되면서 병사들이 제 고향으로 돌아갈 날들도 멀어진다. 유독 농촌 출신 병사들이 향수병에 잘 걸렸다. 그들이 겪은 어린 시절 전원의 아름다움은 과장되고 보잘것없는 고향조차 이상향으로 탈바꿈한다. 이는 기억의 신경심리학에서 이루어지는 조작이다. 병사들은 "아, 내 고향과 거기서 보낸 아름다운 시절로 돌아갈 수만 있다면 내 모든 것을 내줄 수도 있어요"라고 말했다. 내 어린 시절의 슬픈 감정이 노스탤지어nostalgia, 즉 향수병 때문이라는 걸 나중에야 알았다. 호메로스는 『오디세이』에서 오디세우스의 긴 방랑을 그린다. 오디세우스는 스무 해를 객지에서 떠돌다가 천신만고 끝에 고향 이타카로 돌아온다. 노스탤지어는 이 오디세우스의 돌아옴과 관련해서 생긴 단어다. 그리스어로 귀환을 뜻하는 'nostos'와 고통을 뜻하는 'algos'가 합성된 것이다. 이 단어가 머금은 본질은 귀환에 따른 지옥 같은 고통이다.

먼 곳을 동경하고, 늘 어디론가 떠나고 싶어하는 것은 혹시 사라진 이상향을 향한 그리움과 멜랑콜리한 감정이 부추기는 것은 아닐까? 노스탤지어가 메마른 가슴을 적시면서 고향이라는 낙원을 꿈꾸게 하는 건 아닐까? 노스탤지어의 기초 질료는 거머쥘 수 없는 과거를 향한 사무침이다. 노스탤지어는 잃어버린 것을 향한 가없는 구애요, 이미 현실에서 사라진 부재의 장소에 가닿으려는 불가능한 꿈이다. 그런 까닭에 "노스탤지어는 모든 반복이 진짜가 아님을 슬퍼하고, 반복을 통해 동일성에 도달할 가능성을 부인하는 반복이다"라고 말할 수 있다. 정신과 의사라면 이 향수병을 멜랑콜리아로 질펀해진 우울증이라고 진단할 테다. 이 질병은 생활의 활력을 앗아가고 심신 상실과 죽음에 이르게 할 만큼 위험하다.

고향은 여전히 매혹적이고 부재의 이상향으로 빛나지만 내겐 고향이 없다. 스물몇 해 전 어머니를 모시고 고향을 찾았는데, 살던 집은 헐려 돼지우리로 바뀌었고, 아는 사람이 단 한 명도 남아 있지 않았다. 타향보다 더 낯선 고향에서 어머니와 나는 내심 크게 당황했다. 우리는 해거름에 잠긴 고향 마을을 등지고 돌아나오며 낙담했다. 그리고 진짜 실향민이 되었다는 쓰디쓴 실감과 더불어 고향을 찾지 않았다면 더 좋았을 것이라고 후회를 곱씹었다.

배움에
대하여

_____

"나는 보았다. 하늘에 뿌려진 별들의 군도^{群島}를,
그리고 환희에 찬 하늘이 나그네들에게 보여주는 그 섬들을.
백만 마리 황금의 새들아, 아 미래의 힘이여,
이 밑 없는 밤 어디에서 잠을 자며 숨어 있는가?"

아르튀르 랭보
(Arthur Rimbaud, 1854~1891)

살아 있는 것들은 다 어린 시절이 있다. 초목들은 씨앗에서 발아되어 싹을 내밀고 성장한다. 사람들은 아름드리나무들조차 그 시작이 작은 씨앗이라는 사실을 잊는다. 참나무들의 시작도 땅에 떨어진 작은 도토리다. 거목으로 우뚝하게 서 있는 삼나무와 노송들도 그 시작은 작은 씨앗이다. 초목들은 제 씨앗이 떨어진 자리에서 남의 조력 없이 제힘으로 싹을 틔우고 자라난다. 식물들은 햇빛과 기름진 땅, 그리고 대지를 적시는 강물과 품어주는 푸른 산으로 충분하다. 그러나 동물들은 태어나는 순간부터 제 어미나 그밖의 존재들이 베푸는 도움이 필요하다. 새들은 알에서 갓 부화된 제 새끼들을 위해 부지런히 먹잇감을 물어 나르고, 포유동물들은 젖을 먹여 제 새끼를 돌보며 키운다.

동양 철학에서 산은 아버지, 양陽, 밝은 기운, 수직의 높이, 정신적 지주 등을 표상한다. 반면 물은 어머니, 음陰, 부드럽게 품는 기운, 생명을 주고, 기르는 것의 표상이다. 물은 삼라만상에게 생명을 주고, 산은 생명들에게 풍부한 산물들을 베풀어 길러낸다. 물은 부드럽지만 대지에 스며 생명을 만들고, 산은 너른 품에 생명들을 두루 안고 기른다. 생명이 저 혼자 생겨나고 자라나는 법은 없다. 사람은 생명을 준 어머니가 있고, 가족 부양을 책임진 아버지가 있기에 독립된 인격체로 자랄 수 있는 것이다.

『탈무드』에서는 사람이 제 어미에게서 피, 내장, 심장을 받고, 제 아비에게서 골수, 신경, 뇌를 받으며, 신에게서 숨결을 받아 태어난다고 말한다. 갓난아기는 무지와 결핍과 허약함 그 자체다. 누군가 그 갓난아이에게 젖이나 우유를 먹이고, 핏덩이를 씻기고, 따뜻한 옷으로 감싸 돌봐야 한다. 그렇지 않다면 살아남을 수 없다. 고양이는 새끼가 태어나자마자 혀로 온몸을 핥아준다. 이는 새끼 고양이가 신경 말단을 깨우는 데 필요한 촉각의 흥분을 겪지 못한다면 혼수에 빠진 채 죽기 때문이다.

생명들은 나고 자라는 데 타자의 조력이 필요하다. 사람은 더 큰 존재로 도약하기 위해 마음과 이성이 자랄 수 있게 끊임없이 배워야만 한다. 누군가는 우리에게 생명을 주고 누군가는 우리를 키워주는 것이다. 우리는 청년기에 큰 변화와 전환을 겪는다. 통제 불가능한 힘과 격정, 결핍과 부조화로서의 세계를 온몸으로 겪는 청년기는 가능성의 시기이자 위기의 시절이라고 할 수 있다. 우리는 제 운명을 결정짓는 중요한 성공과 실패, 쾌락과 고통, 시련과 시행착오 따위를 이 시기에 집중적으로 겪는다. 그런 까닭에 청년기야말로 자아와 영혼을 키우고 이끌어줄 참 스승을 만나는 게 중요하다.

젊고 미숙한 내 영혼을 키운 것은 도서관에서 읽은 무수한 책들이다. 호메로스, 소크라테스, 플라톤, 단테, 셰익스피어, 노자, 장자, 붓다, 혜능, 굴원, 도연명, 부처, 예수, 헨리 데이비드 소로, 스코트 니어링, 월트 휘트먼, 니체, 하이데거, 횔덜린, 보들레르, 말라르메, 발레리, 랭보, 사르트르, 카뮈, T.S. 엘리엇, 바슐라르, 도스토옙스키, 헤르만 헤세, 카프카, 보르헤스, 니코스 카잔차키스, 막스 피카르트, 파울 첼란, 콜린 윌슨, 롤랑 바르트, 발터 벤야민 등등 위대한 영혼들이 내가 만난 스승들이다. 그들은 무지와 결핍으로 메마른 대지와 같은 내 영혼을 적시고 자라게 했다. 나는 이십대 초를 주로 시립도서관에서 잡다한 책들을 읽으며 보내며, 갓난아기가 젖을 빨 듯 책과 문장을 탐독하며 빨아들여 피를 만들고 뼈대를 키우는 일에 몰두했다. 그 '스승'들의 가르침 없이 무른 본성이 시키는 대로 내달렸다면 나는 건달이나 사기꾼, 혹은 이런저런 중독자가 되어 물색物色, 성색聲色, 주색酒色에 빠져 허우적거렸을 테다. 내가 하찮은 인간이 되어 세상을 떠돌지 않은 것은 그들의 가르침 때문이다.

정신을 키우고 영혼을 살찌우는 것이 꼭 현자와 철학자인 것만은 아니다. 산, 바위, 능선, 강, 고원, 대지, 밤하늘의 별들도 아집과 거짓된 자아에서 벗어나는 데 도움이 되는 영감을 준다. 자연은 삶의 기슭에서 방황하는 존재들에게 생명의 진실에 다가가도록 필요한 가르침을 베푼다. 빽빽한 나무들을 뚫고 들어오는 한줄기 햇빛, 낯선 고장을 헤매다가 만난 어떤 길, 남의 무덤가에서 책을 읽으며 한나절을 빈둥대며 소일할 때 문득 바라본 구름 한 조각, 바람에 서걱이는 마른 억새들조차도 인간 본성의 어두운 측면, 생명과 행위들에 대한 유의미한 계시를 준다. 그러니 가르침을 베풀고 우리를 키우는 스승 아닌 만물은 없다.

인생이 한줄기 강물이라면, 누구나 작고 소란스러운 급류 같은 소년기를 보내고, 온갖 소용돌이들에 휘말려 전전긍긍하던 청년기를 거쳐, 장년기에 깊고 넓은 하류에 닿는다. 내 앞에 넓고 따스한 불멸의 바다가 가까이에 와 있다. 이미 내 삶의 윤곽과 형태는 바꿀 수 없을 만큼 견고하다. 하지만 나이가 들었다고 해서 배움과 성장을 끝내서는 안 된다. 그것은 사물과 세계에 대한 안목을 키우고, 취향을 세련되게 하며, 아상我相의 참모습과의 만남으로 이끈다. 결과적으로 우리를 자유롭게 하고 풍요한 삶을 누리게 만들기 때문이다.

'노는 인간'에
대하여

———————

"어린아이는 순진무구요 망각이며, 새로운 시작, 놀이,
스스로의 힘에 의해 돌아가는 바퀴이며
최초의 운동이자 거룩한 긍정이다."

프리드리히 니체
(Friedrich Wilhelm Nietzsche, 1844~1900)

2015년 9월 시드니에서 목격한 광경이다. 시드니 도심의 작은 공원에 물줄기를 공중으로 뿜는 분수가 있고, 대여섯 살 남짓한 아이들 한 무리가 물줄기 세례를 받으며 뛰어노는데, 아이들은 물에 흠뻑 젖은 채 연신 웃고 떠든다. 공원 산책을 나온 엄마들이 옷이 젖거나 말거나 아이들을 맘껏 뛰어놀도록 놓아두는 것이 인상적이었다. 공중으로 솟는 물줄기를 손으로 잡으며, 떨어지는 물줄기 사이를 뛰어다니는 아이들. 그 아이들은 '작은 어른'들이 아니라 이제까지 없던 좋은 사람들, 즉 '신생 인류'다. 어른이란 고작해야 "우리는 어디서 오는지도 알 수 없는 바람에 휘둘리며 괴로워하는 의미 없고 속절없는 피조물"에 지나지 않지만, 아이들이란 기가 막히게 자신의 행복을 찾아내는 천재들이다.

나는 이 신생 인류가 분수 주변에서 노는 모습을 오래 지켜보았다. 특별한 것도 없는 놀이에 집중한 채 행복에 겨운 아이들의 모습에 눈길을 주며, 돌아갈 수 없는 저 어린 시절에 대한 향수에 잠긴다. 아이들은 '호기심 천국'의 순진무구한 주민들이다. 내게도 저렇게 웃고 뛰놀던 어린 시절이 있었을 텐데, 그 기억이 아련하다. 우리는 놀이를 잃어버리는 것과 동시에 어른의 세계로 들어선다. 잡다한 일에 파묻힌 채 놀이를 잃으면서 불행에 빠진다.

어른이란 불행이 상습화된 현실을 살아가는 존재들이다. 어른들은 놀이를 잃으면서 인생을 비루하고 거친 투쟁의 장으로 만든다. 회사에 출근하고, 직장 상사와 경영자들이 정해준 생산과 성과의 목표를 위해 달린다. 어른들은 자신의 시간을 자기를 고용한 직장에서 봉급이나 수당으로 맞바꾼다. 그들은 노동시장에서 밀려날까봐 전전긍긍하며 일에 매달린다. 근대 산업사회 이후 뇌의 회백질이 줄어들 정도로 사람들은 일에 빠져 살면서 '놀이'를 잃었다. 시간 강박에 걸린 이들은 놀이의 상실을 겪는다. 그들은 노동에 인생을 차압당한 채 빈둥대는 한량으로 살 수 없다는 것, 그리고 본질은 자유를 차압당한 것이라는 사실을 뒤늦게 깨닫는다.

인간은 일만 하면서 사는 존재가 아니다. 인간을 노는 존재, 즉 호모 루덴스Homo Ludence 라고 규정한 것은 요한 하위징아라는 네덜란드 학자다. 하위징아는 『호모 루덴스』에서 "놀이는 자유스러운 것, 바로 자유이다. 또 이것에 깊이 연관 지어져 있는 두번째 특징은 놀이가 '일상적인' 혹은 '실제의' 생활이 아니라는 것이다. 오히려 '실제의' 삶을 벗어나서 아주 자연스러운 일시적인 활동의 영역으로 들어가는 것이다"라고 쓴다. 놀이는 실제의 삶이나 유용한 것을 생산해야 한다는 강박에서 자유롭다. 공리적인 잣대로 보자면, 놀이는 정말 쓸모없는 짓이다. 오죽하면 우리 속담에 '노느니 장독 깬다'라는 말이 있겠는가! 노는 것은 장독 깨는 짓보다 더 하찮다.

놀이의 골격은 "경연, 공연, 전시, 겨룸, 우쭐거림, 뽐냄, 치장, 겉치레, 구속력을 갖는 규칙"(하위징아, 앞의 책) 같은 기본 요소들에서 만들어진다. 직업으로 삼지 않은 산책, 여행, 춤, 바둑, 포커, 골프, 음악, 시, 독서, 영화관람, 축구, 와인 마시기 등등은 다 어른들이 즐기는 놀이다. 놀이란 일건 무의미하고 불합리한 것 속에서 건져내는 기쁨이고 성스러움이다. 문화와 예술은 그런 놀이의 규칙을 내재화하면서 발달한다.

아이들은 대개는 놀이의 천재들로 어떤 상황에서도 놀이를 찾아내고 놀이에 열중한다. 놀이 속에서 쉽게 행복해지는 것은 아이들이 이해타산에 매이지 않은 존재이기 때문이다. 노자는 어린아이를 가리켜 "독충이 쏘지 않고, 맹수도 덮치지 않으며, 독수리도 움켜 채지 않는다"고 했다. 어린아이가 "정기를 모아 지극함"에 이른 존재이기 때문이다. 또한 "종일 울어도 목이 쉬지 않음"은 어린아이가 조화가 지극한 자연에 속한 까닭이다.(『도덕경』55장) 어린아이는 양생養生의 도를 몰라도 피로를 모르고, 무위자연에 처한다. 그래서 노자는 "삶 때문에 일을 하지 않는 것이 삶을 귀하게 여기는 것보다 현명하다"(『도덕경』75장)라고 했다. 삶을 위해 일하지 않고, 오직 노는 것은 어린아이들뿐이다. 어린아이들은 숨바꼭

질, 말뚝박기, 딱지치기, 구슬치기, 소꿉장난 같은 놀이들의 재미에 금세 동화되는데, 놀이가 유용함에 복무하는 노동이 아니기에 아이들은 놀이를 즐거워한다.

놀지 못하는 자는 자유롭지 않다. 근대 이후 사회의 전 부분에 걸쳐 일, 생산성, 성과, 속도를 강조하면서, 인류는 '노는 인간'을 평가절하고, 무가치한 존재로 낙인찍는 실수를 저지른다. 노는 것은 공동체의 이익에 부합하지 않을뿐더러, 문명의 건설에 도움이 되지 않는다고 판단했기 때문이다. 하지만 놀이를 잃는 순간 우리는 지옥으로 전락한 현실로 추락하는데, 이는 놀이를 잃은 채 필요에만 종속하는 인간은 노동의 노예로 전락하기 때문이다. 어른이 아이보다 불행한 것은 '영혼 없는 기계'와 같이 일하는 삶, 놀이 없는 삶의 강제 속에 묶이기 때문이다. 우리는 마음을 유유자적하게 하고, 활기와 명랑성을 불어넣는 놀이에서 멀어지면서 행복해지는 법에서도 멀어진다. 진정 자유를 갈망하는가? 진정 행복하기를 바라는가? 그렇다면 놀고, 웃으며, 사랑하라! 노동만을 독려하는 집단적 광기의 목소리에서 벗어나 놀고, 웃으며, 사랑해야만 한다.

놀이는 행복과 직접적으로 연관된다. 일에만 내몰리는 사람, 여가 시간을 가질 수 없는 사람은 제 인생에 대한 통제권과 선택권을 잃는다. 그들은 제 인생의 통제권을 남에게 넘겨주고 공허 속에 방치된다. 그러나 '놀이하는 인간'은 제 인생의 통제권을 단단하게 틀어쥔다. 놀이는 힘이 세고, 사람을 똑똑하게 만든다. 그래서 브리짓 슐트는 『타임 푸어』에서 "놀이는 우리의 두뇌를 복잡하고 정교하고 유연하게 만들어주며 반응 속도와 사교성을 향상시킨다. 결과적으로 놀이는 복잡하고, 정교하고, 유연하고, 반응이 빠르고 사교성이 좋은 사람들과 사회를 만들어준다"라고 쓴다. 삶의 질을 높이고 싶다면, 일을 놓은 채 여가 시간을 즐기며, '노는 인간'으로 빈둥거려라! 진정으로 원하는 것을 갈망하라!

"열심히 일한 당신, 떠나라!"라는 광고 카피가 화제가 된 적이 있었다. 업무와 노동의 과중함에서 벗어나 여행을 떠나는 것은 일에 지친 이들의 갈망이다. 최저생계비에도 미치지 못하는 돈을 벌기 위해 일하는 이들에게 여행은 사치스러운 꿈이다. 일과 여가 시간의 조화를 잃은 채 메마른 업무에 내몰리는 현실 속에서 시간에 쫓기며 사는 사람들은 도무지 놀이의 효용성을 인정하지 못한다. '미국놀이연구소'의 설립자인 스튜어트 브라운은 '놀이의 힘'에 대해 이렇게 말한다. "놀이는 모든 예술과 게임, 책과 스포츠, 영화와 패션, 재미와 경탄의 근원이다. 한마디로 놀이는 우리가 문명이라고 말하는 모든 것의 근원이다." 시를 쓰고, 그림을 그리며, 음악을 만드는 예술 행위는 그 본질이 놀이다. 이런 놀이의 바탕은 쓸모없음이다. 독일 철학자 하이데거는 "쓸모없는 것은 유용하다. 그러나 쓸모없음을 실행하는 것, 이것이야말로 현대인에게 가장 어려운 일이다"라고 말한다. 놀이는 공리주의의 삭막한 굴레에서 자유를, 현실의 책임과 의무의 이행에서 우리를 풀어놓는다. 따라서 놀이를 하는 인간이 더 즐거운 인생을 살며, 더 창의적 에너지를 뿜어낸다. 왜 해도 해도 일이 끝나지 않을까, 하고 탄식하지 말라. 그것은 당신의 시간을 어떻게 쓸 것인가를 스스로 결정하지 않고 타인에게 그 결정권을 넘겨준 실수 탓이다. 당장 그 선택권과 결정권을 찾아오라. 일하는 기계로 사는 삶에 저항하고 더 자주 빈둥거려보라! 빈둥거리는 능력을 잃었다면 틀림없이 불행할 것이다. 행복해지려면 과도한 노동을 강요하는 사회의 명령에 고분고분 따르지 말고, 먹고 마시고 웃으며 자기 삶을 온전하게 누려야 한다!

돈에
대하여

_____

"돈으로 무엇이든 할 수 있다고 생각한 사람은
돈을 위해서라면 무엇이든 할 사람이다."·

벤저민 프랭클린
(Benjamin Franklin, 1706~1790)

시골집 뜨락에 작약이 붉은 꽃잎을 화사하게 펼쳐냈다. 혼자 보고 있기 아까울 정도로 자태와 색깔이 농염하다. 한낮엔 종일 먼 산에서 우는 뻐꾸기 울음소리도 한가로웠지만, 내 속은 한가롭지도 화창하지도 못했다. 요 며칠 머릿속에서 떠나지 않은 것은 "돈으로 무엇이든 할 수 있다고 생각한 사람은 돈을 위해서라면 무엇이든 할 사람이다"라는 한 문장이다. 돈으로 탈 난 사건이 사람들의 입방아에 올랐다. 노래도 하고 그림도 그리는 한 유명인이 제 전시회 작품을 한 무명화가에게 대작代作하게 한 의혹이 불거졌다. 나라 안에서 모르는 이가 없을 만큼 유명짜한 가수인데, 그는 '화투'라는 오브제를 다양하게 표현한 팝아트 작품들로 전시회를 꾸려 화가로도 명성을 얻은 터였다. 한데 바쁜 그를 대신해서 한 무명화가가 그의 그림들을 대작한 사실이 드러난 것이다. 그는 자신에 비우호적인 여론에 당황해서 미술계의 '관행'이라고 변명했지만 비난이 잦아들기는커녕 더욱 들끓는다.

그의 항변은 이렇다. '화투' 아이디어는 그의 것이고, 무명화가는 시키는 대로 그렸을 뿐이다. '독창적인' 것은 화가의 몫이고, 무명화가는 '기술적인' 것만을 도왔으니, 작품의 소유권은 전적으로 제 것이라 했다. 그는 앤디 워홀이라는 미국의 팝아트 작가를 떠올리며 '관행'을 들먹였을 것이다. 앤디 워홀은 사람들에게 그림을 제작하게 시킨 뒤 자기 사인을 넣어 팔았다. 심지어는 사인하는 것마저 귀찮다고 더러는 제 '엄마'를 시켰다는 괴짜 화가다. 그건 세상이 다 아는 사실이다. '조영남'과 '앤디 워홀'은 예술적 기법과 철학의 차이가 있을 뿐만 아니라, 한 사람은 대작 사실을 숨겼지만 한 사람은 그걸 만천하에 다 알게 했다는 점에서도 다르다.

나는 그림 한 점당 대가로 지불한 '10만 원' 때문에 기분이 상했는데, 너무 약소한 액수가 아닌가? 그렇게 값싸게 얻은 그림에 유명인 사인이 새겨지자 기백만 원에서 기천만 원으로 껑충 뛰는 '작품'으로 둔갑한다. 최소의 노동과 시간을 투자해서 엄청난 이익을 냈으니 이보다 더 황금알을 낳는 투자가 어디 있을쏘냐! 많은 이들이 그 유명인이 약자의 노동을 착취했다고, 그 점이 비난받아 마땅하다고 입을 맞춘다. 그가 해마다 노래로 벌어들이는 돈은 소시민에게는 상상조차 어려운 거액이 아니던가? 수십억 원이 넘는 저택에서 산다는 그가 왜 더 많은 돈이 필요했을까. 그 의문은 쉬이 사라지지 않는다.

예술 전반에 대한 풍부한 소양을 자랑하고, 특히 미술에 대해서라면 책을 집필할 정도로 전문 지식을 갖춘 그가 회화를 대작시킨다는 게 옳지 않다는 사실을 몰랐을 리가 없다. 결국 '돈'이다. 그는 '관행'이라고 우겼다. 그는 어쩌면 돈이면 무엇이든지 다 할 수 있다는 이 '카지노 자본주의'의 속성에 물들어 무뎌진 도덕감에서 자기변명을 한 것이 아닐까? 미국 유학까지 다녀와서 남의 그림을 대신할 수밖에 없었던 무명화가의 딱한 처지가 어느 정도였는지 짐작할 수 없지만, 그는 돈이 악의 근원이 아니라 그게 없다는 점에서 모든 악이 번성한다는 사실을, 돈이 불행의 종류를 결정한다는 것을 뼈저리게 실감했을 테다.

세상에는 원칙보다 돈을 앞세우는 사람이 많다. "돈 때문에 원칙을 포기한 사람이 원칙 때문에 돈을 포기하는 사람보다 훨씬 많다"라고 철학자 에머슨은 말한 바 있다. 두 사람은 돈의 유혹에 무릎을 꿇어 원칙을 저버린 축에 들 것이다. 두 사람은 서로 다른 이유와 동기로 세상의 신뢰를 만드는 원칙을 거슬렀다는 점에서 비난받을 만하다. 그래서는 안 될 사람이 원칙을 거스르며 우리를 속였다는 데서 비롯한 분노는 쉽게 가라앉지 않을 것이다. 진정성에 대한 우리의 깊은 욕구와 신뢰를 저버렸다는 잘못에 대한 비난마저 면할 수는 없을 테니 그 유명인의 처지가 난감하게 되었다. 검찰에서 '사기' 사건으로 수사하여 사법적 잘잘못을 가리겠다고 칼을 빼들고 나섰으니 이 사태가 어떻게 아퀴 지어질지 지켜볼 수밖에 없게 되었다.

한 독서광의
죽음에 대하여

―――――

"인간이 만들어낸 온갖 도구 중에 가장 경이로운 것은 책이다.
다른 도구들이 인간의 육체에서 비롯된 것이라면
책은 상상과 기억에서 발생한 유일한 것이기 때문이다."

호르헤 루이스 보르헤스
(Jorge Luis Borges, 1899~1986)

2016년 2월 19일, 움베르토 에코가 밀라노 자택에서 죽었다는 소식에 전 세계 언론들이 다투어『장미의 이름』을 써낸 작가이자 대중에게 널리 알려진 지식인, 기호학자이자 철학자, 중세 역사학자이자 미학자로 이름을 떨친 에코를 추모하는 기사들을 쏟아냈다. "백과사전적 지식의 창고에서 이야기를 끌어내는 위대한 이야기꾼"이자, "역설과 재치, 유머, 때로는 엉뚱함을 지식으로 버무릴줄 아는 학자"의 시대는 역사의 뒤안길로 사라진다. 나는 지식의거인을 잃은 슬픔보다는 한 시대가 저물고 있고, 그걸 다시 되돌릴 수 없다는 덧없음에 젖어 서가에 꽂힌 그의 책들을 꺼내 뒤적이며 한나절을 보냈다. 그게 나만의 애도 방식이었다.

에코는 이탈리아 알레산드리아에서 태어났는데, 아버지는 회계사, 할아버지는 인쇄업자였다. 그는 토리노 대학교에서 중세철학과 문학을 전공하고 박사학위를 받은 뒤 밀라노 대학에서 교수로재직한다. 그는 이탈리아어는 물론이거니와, 영어, 프랑스어, 독일어, 스페인어, 포르투갈어, 라틴어, 그리스어, 러시아어를 자유자재로 쓰는 언어의 천재였을 뿐만 아니라 중세에 매혹된 학자로 언어학과 기호학을 가로지르며, 다양한 고전에서 현대의 기호학과철학, 영화, 텔레비전, 추리소설, 만화를 아우르는 대중문화까지종횡무진하며 깊은 통찰과 재기발랄한 유머로 버무린 책들을 써낸다. 그는 '거대한 도서관'이라 할 만큼 박학다식한 지식들로 자신을 채운 사람이다. 35개 대학에서 명예박사학위를 받고, 또 다른 한편으로『푸코의 진자』라는 소설이 가톨릭 교회로부터 "신성모독, 불온함, 저속한 익살과 쓰레기로 가득하고, 이 모든 것들이 오만과 냉소주의라는 접착제로 한데 묶여 있다"는 신랄한 비판을 받는다.

문자, 인쇄술, 전자 메모리칩의 발명으로 인류는 방대한 기억의 축적이라는 보상을 받는다. 고대에는 노인들이 집단의 기억이 되었다. 종족과 가족들은 노인의 기억에 의지해서만 제가 살지 못한 시간들을 돌아볼 수 있었다. 오늘날은 책이 고대의 노인들을 대신한다. 책은 인류의 다양한 기억 저장고 노릇을 한다. 인류 문명은 그 기억들을 기반으로 번창했지만, 보르헤스의 「기억왕 푸네스」에 나오는 '푸네스'처럼 모든 것을 다 기억할 필요는 없다. 책이 기억할 것과 그럴 필요가 없는 것들을 선별하고 여과하는 일을 대신한다. 달리 보면 오늘의 문화란 "영원히 사라져버린 책들과 물건들의 공동묘지"인 것이다.

인터넷과 전자책 같은 새로운 매체들이 '종이책'들을 영원히 사라지게 만들까? 에코는 아니라고 대답한다. 플라스틱 물질, 전자공학, 핵융합, 우주 항해가 가능해진 고도의 테크놀러지 시대에도 수저, 망치, 지퍼 같은 도구들에 내장된 기초적인 기능과 구성을 없애거나 새롭게 바꿀 수는 없다. 인류는 고대에서 현재까지 기억을 저장하는 방법을 고안하고, 양피지나 파피루스에서 플로피디스크, 시디롬, 하드디스크, USB 메모리 등 시대에 따라 기억을 보존하는 도구들을 만들어 썼지만, 책보다 더 나은 '반영구적 저장매체'를 만들 수는 없었다. 에코는 일찍이 책이 그 효용성을 이미 증명했고, 같은 용도의 물건으로서 책보다 나은 것을 내놓는 일은 불가능하다고 단언한다. 그런 까닭에 인터넷의 전성시대에도 '완벽한 도구로서 책의 본질'과 '구텐베르크의 우주'가 사라지는 일은 일어나지 않을 것이라는 전망이다.

에코는 수많은 책들을 꾸역꾸역 읽는 독서광이자 구텐베르크 성서 초판본을 손에 넣는 게 꿈이었던 유명한 고서수집가였다. 밀라노 자택 서재에 약 5만 권 장서와 더불어 카발라, 연금술, 마법, 다양한 언어들에 대한 고서들이 있다. 그는 책이 삶을 연장시킨다고 믿고, '책의 우주'를 유영하며 살았던 사람이다. 책은 불가능한 여러 겹의 삶을 가능하게 만든다. 특히 고전은 과거의 흔적과 기억을 되살려내 오늘의 우리로 하여금 역사적인 경험들, 그 안의 도식들과 원초적인 장면들을 생생하게 겪게 한다. 고전들은 저 아득한 선조들에서 고대 그리스 철학자인 아리스토텔레스나 플라톤까지 수많은 세대의 생각과 삶을 동시적으로 읽고 사유하도록 이

끄는데, 그게 책의 위대한 힘이다. 그런 맥락에서 움베르토 에코가 남긴 "책은 생명보험이며, 불사不死를 위한 약간의 선금"이라는 문장은 곱씹어볼 만한 공감을 준다.

셰익스피어에
대하여

———

"사랑은 그림자 같아서 쫓아가면 달아난다네.
쫓아가면 달아나고, 달아나면 쫓아온다네."

윌리엄 셰익스피어
(William Shakespeare, 1564~1616)

2016년은 셰익스피어의 400주기를 맞는 해였다. "뛰어난 시적 상상력, 인간성의 안팎을 넓고 깊게 꿰뚫어 보는 통찰력, 놀랄 만큼 풍부한 언어의 구사, 매우 다양한 무대형상화 솜씨 등에서 그를 따를 사람이 없다"는 평가를 받는 이 희곡작가의 죽음을 전 세계가 기리며, 그와 관련된 책들을 쏟아내고 있다. 셰익스피어는 "우리가 태어날 때 우는 이유는 미친 자들이 가득한 끝도 없는 무대로 입장함을 알았기 때문이다"라고 썼다. 그는 1616년 4월 23일에 미친 자들이 가득한 무대에서 영원히 퇴장하는데, 이 위대한 극작가의 죽음은 이상하리만치 조용했다. 장례식은 조촐하다못해 초라했고, 유해는 스트랫퍼드어폰에이번 홀리 트리니티 교회에 조용히 안치되었다. 장례식 내내 귀족들은 물론이거니와 대중의 애도도 없었다. 동시대인들은 그가 죽은 사실조차도 모른 채 지나가는데, 이 기이한 침묵은 "중산층 사업가이자 극작가이며 옥스퍼드 학위도 없고 가문의 명성도 없는" 자의 죽음이었기 때문이었는지도 모른다.

1564년 영국 작은 시골 마을에서 태어나 대학도 나오지 못하고 가문 배경도 없는 한 젊은이가 런던으로 올라온다. 그가 어떤 인물인지는 기록들이 많이 남아 있지 않아 그의 인격이나 배경에 대해 세세하게 알 수는 없다. 그는 법률사무소에서 가난한 서기보로 일했거나 학생들에게 라틴어 기초 문법을 가르쳤을 것이다. 젊은 그에겐 부양해야 할 가족으로 아내와 세 아이가 딸려 있었다. 아버지 사업은 망하고, 전문 직업도 없으니, 그는 살길을 찾아 런던으로 나왔을 것이다. 그는 가족을 고향에 두고 혈혈단신 런던으로 올라와 20년 남짓 극작가로 활동하면서 『말괄량이 길들이기』『로미오와 줄리엣』『한여름밤의 꿈』『햄릿』『오셀로』『리어왕』『맥베스』 등 수많은 희곡을 써내고 무대에 올린다. 그는 돈이 되는 일이라면 무엇이든지 일감을 받아들이고 — 1592년 한 부자 청년에게서 결혼을 재촉하는 시를 써달라는 의뢰도 물리치지 않았다 — 악착같이 돈을 그러모아 — 그의 유품 중 미납세금을 납부하라는 고지서들이 많이 남아 있는데, 이는 세금마저도 안 낸 채 버틸 때까지 버텼음을 암시한다. — 마침내 고향에 훌륭한 저택을 마련하고, 오십대 초반 은퇴해서 유유자적 보낼 만큼 돈도 많이 벌었다. 극적인 반전이다. 이름 없는 시골 출신 청년이 인류 역사상 가장 위대한 극작가로 변신한 것이다.

셰익스피어는 18세 때 스물여섯 살 난 임신한 신부를 맞아 결혼을 올리는데, 아마도 풋사랑에 빠진 소년이 실수로 여자를 임신시켜 곤란한 처지에 내몰렸을 것이다. 그가 마지못해서 결혼식장에 끌려왔으리라는 추측은 억지스럽지 않다. 새파랗게 젊은 나이로 남편이자 가장이 된 그는 행복했을까? 『헛소동』에서 "연애, 결혼식, 그리고 후회"라는 에피그램을 남기는데, 이 문장은 분명 결혼 뒤 겪은 환멸과 결혼에 대한 냉소를 여과 없이 드러낸다. 『좋으실 대로』에서는 "연애할 때 남자들은 꼭 4월 같지요. 그리고 결혼할 땐 12월 같아요"라고 말한다. 이어서 "여자가 처녀일 땐 5월 같은데, 아내가 되고 나면 그 하늘이 달라지지요"라고 말한다. 이것도 연애와 결혼생활에서 얻은 자신의 생생한 체험의 실감이 반영된 대사가 아닐까? 여자든 남자든 결혼하면 연애 시절과는 크게 다른 모습으로 변한다. "아아, 여자 가죽을 쓴 호랑이 마음!" 같은 대사를 보라! 아내의 변화에 얼마나 놀라고 실망했을까를 짐작해 볼 수 있다. 셰익스피어는 아내를 바라보면서 "외모는 보살같이 온화하여도 마음은 야차같이 잔인하다"라는 옛말을 떠올렸을 것이다. "질투하는 여인네의 독설이 섞인 악다구니는 미친개의 이빨보다도 더 치명적인 독과 같다네" 같은 대사는 더 노골적이다. 결혼이 연애의 타락에 지나지 않는다는 환멸이 뼛속까지 스며든 사람이 쏟아낼 법한 거친 말이다.

당시 그의 연극을 본 사람들은 언어의 마술사같이 쏟아내는 현란한 대사들에 감탄했지만 그 명대사들 중 상당수는 속담들을 차용한 것이다. 그가 연애와 사랑을 하는 가운데 벌어지는 소동을 그릴 때 매우 통렬하고 유쾌해진다. 철부지 나이에 결혼하고 자녀들도 낳고 살며 여자의 변화무쌍한 마음을 속속들이 꿰뚫어 보았음에 틀림없다. 연애와 결혼생활 이야기는 그의 '전공 분야'다. 그는 결혼생활의 쓰디씀에 낙담했지만, 그래도 끈적이는 체액으로 가득찬 몸뚱이를 가진 남녀들이 연애에 빠지는 순간 사랑스럽고 영롱한 존재로 변한다는 사실마저 부정하지는 않는다. 사랑만이 늙고 비루먹은 말처럼 말라비틀어진 인생을 찬란하게 살찌우고, 사랑만이 우리를 나락에서 끌어내 구원한다는 걸 굳게 믿었다. 사랑의 위력을 믿었으니 이렇게 썼을 것이다. "인생은 짧으니, 사랑하라."

4부

쉬어간다

숲에
대하여
1

———————

"숲에 들어가서 세속을 생각하는 것은 그만두자.
그럴 바에는 숲속에 들어오지 말 일이다."

헨리 데이비드 소로
(Henry David Thoreau, 1817~1862)

태양의 기운이 나날이 강해지고, 뙤약볕도 덩달아 사나워진다. 낮시간이 길어지면서 할 일들이 늘어난다. 일들을 벌이고 수습에 매달리면 어느덧 초심을 잃고 자기 본분을 망각한 채 엉뚱한 곳을 헤매기 일쑤다. 뜨락에서 피고 지는 모란과 작약 꽃들을 가만히 들여다보는 여유조차 없이 바깥일들에 자신을 소진시켜버리는 것이다. 이는 허무한 노릇이다. 사람이 초심과 본분에서 벗어나는 것은 대개는 남들이 하는 대로 시속時俗을 따르는 데 급급하기에 벌어지는 사태다. 그 분주함에서 벗어나 남들이 다 하는 것을 따라 하며 사는 것과 남들이 하지 않는 것을 굳이 하지 않으며 사는 것 사이에서 어느 것이 더 나은지를 곰곰이 따져보는 것은 더 나은 삶을 위해 필요한 일이다.

초여름으로 접어들면서 초목들은 잎이 무성해진다. 산딸나무, 서어나무, 졸참나무 따위가 울울창창한 서운산 숲에 들어서면 초목들이 뿜어내는 서늘한 기운이 몸을 감싼다. 숲속 서늘함에 들면서 번잡했던 마음이 정갈해지는 느낌이다. 초여름 초목이 우거진 산에 올라 계곡을 흘러가는 물소리를 들으며 땀을 식힐 때, 문득 조선 순조 임금 시대의 문인 남공철이 쓴 "푸른 산은 약 대신 쓸 수 있고 강물은 오장을 튼튼하게 한다"는 문장이 떠올랐다. 자연은 그 자체로 치유력을 품고 있어서 소박한 마음으로 자연과 교감

하며 사는 사람은 오장육부를 튼튼하게 할 수가 있다는 뜻이다.

자신의 분수에 넘치는 생활을 하려는 게 바로 욕심이다. 이 욕심이 과하면 무리하고 그 무리에 휘둘리면 탈이 난다. 과연 남공철은 노년이 되자 번잡한 곳에서 물러나 성남의 청계산 자락에 머물며 누옥을 짓고 책 읽는 것을 기쁨으로 삼았다. 욕심을 비우고 살며 산책에 나서고 한가로운 날에는 문장을 지었다. "비가 그쳐 약간 선선해질 때 난간에 기대 사방을 둘러본다. 산봉우리는 목욕이나 한 듯 허공에 파랗고 밝은 달은 동남쪽 트인 산 위에 떠올라 연못의 물과 어우러져 일렁거린다. 숲은 푸르고 하늘은 파랗다. 만물이 맑고 깨끗하다." 욕망을 덜어내고 비우며 사니 천지의 맑은 기운이 마음의 빈 곳을 채운다. 맑고 깨끗한 기운으로 내면을 충만하게 채운 사람은 건강하다.

누구에게나 제 뜻대로 산다는 것은 녹록지 않은 일이다. 팍팍한 세상에서 제 뜻과 어긋나는 삶을 꾸리는 것은 괴로운 일이다. 18세기 조선 문인 유언호는 여러 차례 유배를 당하는 고초를 겪었다. 위리안치에 처해 활동이 제약받는 가운데 좋은 책들을 벗삼는 게 그가 취할 수 있는 유일한 기쁨이었다. 그는 『장자』를 끼고 살며 얻고 잃는 것, 죽고 사는 것의 분별없이 살고자 애썼다. 그는 세상에 태어나 목숨을 받고 사는 일이 꿈과 환각, 거품과 그림자의 일이라는 것을 깨달았다. 그래서 늘 마음속으로 "콩잎을 먹어봐야 고량진미의 맛을 안다"거나, "누더기를 입어보아야 가죽옷이 아름다운 줄 안다"거나, "병이 나보아야 병들지 않은 것이 편안한 줄 안다"와 같은 명언들을 새기며 살았다.

나는 초여름 신록의 기운으로 가득찬 숲속에서 머물며 바람에 나뭇잎들이 사운거리는 소리, 계곡의 물소리, 새들의 노랫소리에 귀기울이며 한가로운 한때를 보낸다. 숲속에 들어서면 먼저 마음에 들끓는 근심과 걱정들은 내려놓을 일이다. 일찍이 헨리 데이비드 소로는 "숲에 들어가서 세속을 생각하는 것은 그만두자. 그럴 바에는 숲속에 들어오지 말 일이다"라고 일렀다. 숲속에서는 숲의 일만 생각하는 게 올바름이다.

반면 숲속에 들어와서 먹고사는 것, 남들이 나를 알아주지 않는 것, 은행융자 할부금, 자식의 취직 문제 따위를 걱정하는 것은 올바름이 아니다. 숲속에서 한가로움을 향유하는 가운데 세속의 오탁污濁을 씻어내고 마음의 번잡함을 덜면 좋을 일이다. 대개 병은 분수를 넘는 욕심에서 비롯한다. 바깥의 오탁과 내 안의 번잡함이 뭉치고 쌓여 독을 뿜고, 그 독으로 말미암아 병이 생기는 것이다. 몸을 부리는 것은 마음이다. 마음의 욕심을 비우면 몸이 고단해지는 일도 줄어든다. 주말에는 만사를 제쳐놓고, 배낭에 김밥 한 줄, 오이 한 개, 물 한 통을 넣고 서운산에 올라 숲속에서 하루를 보내고 돌아오겠다.

숲에
대하여

2

_____

"자연은 말로 가르치지 않고 경험을 준다.
돌멩이는 설교하지 않는다.
그러니 돌에서 도덕을 배우려 하지 말고
부딪쳐서 불꽃을 일으켜보라."

존 버로스
(John Burroughs, 1837~1921)

숲은 유정한 존재들의 오래된 터전이다. 숲은 나무들이 빽빽하게 들어선 곳이다. 나무들은 고도, 방위, 풍향, 기후, 토질에 민감한데, 저마다 최적의 조건을 갖춘 자리에 뿌리를 내리고 자라난다. 가파른 기슭에 뿌리를 내린 나무들도 없지 않지만 그런 불운에 처한 나무들조차 최선을 다해 뿌리를 뻗어 자양분을 얻고 줄기를 키운다. 공기와 양분의 순환, 생명과 죽음의 순환이 끊임없이 일어나는 숲에서는 풀잎 하나도 유정한 세계의 일원이다. 생명들은 유동하고 죽은 뒤 분해되어 다음 세대를 위한 자양분으로 돌아간다.

숲에는 끊임없는 순환이 있을 뿐 종말이란 없다. 끝들은 항상 시작으로 이어지는 탓이다. 숲에서는 모든 산 것은 죽음을 품고, 죽음은 새로운 생명을 품는다. 생명체들이 순환하며 번성하는 이 생명 세계를 이루는 것은 햇빛과 녹색식물들만이 아니다. 보이지 않는 곳들, 이를테면 그늘진 곳이나 부식토 속, 죽어서 넘어진 거목들 내부, 이끼가 자라는 계곡, 두텁게 쌓인 축축한 낙엽 아래 수많은 미생물들이 살아간다. 이렇듯 숲은 그 너른 품에 보이는 생명과 보이지 않는 생명들을 두루 품어 기른다.

아시다시피 숲은 수렵과 채집으로 생명을 이어가던 원시 인류의 보금자리였다. 원시 인류는 숲에 둥지를 트는 새들이 그러하듯 숲에 잠자리를 마련하고 아기를 낳고 기르며 살았을 것이다. 숲은 보금자리와 생명에 필요한 열매와 뿌리를 풍부하게 해주고 정서적 안정도 주었을 것이다. 인류가 생육하고 번성할 수 있었던 것은 숲이 내주는 자원들을 쓸 수 있었기 때문이다. 원시 인류는 숲에서 나와 농경문명을 일구며 살기 시작한다. 농경문명이 발달하고 넓게 퍼져나가면서 원시림은 차츰 사라졌다. 나는 숲에서 살았던 원시 인류의 후손이다. 숲은 우리 할아버지의 할아버지의 할아버지의 할아버지다. 숲은 우리 조상이다. 내가 숲에 끌리는 것은 피에 새겨진 본성의 일이다.

내가 이토록 숲을 좋아하는 것은 당연하다. 나는 한여름 갈참나무, 서어나무, 산딸나무 따위들로 울울창창한 활엽수림들이 내뿜는 서늘한 기운을 좋아한다. 책 읽는 게 지루해지면 더위도 피할 겸 배낭을 메고 서운산 숲으로 피신한다. 산을 오르다 숲길에서 벗어나 인적이 드문 곳에 자리를 펴고 책을 읽는다. 책을 읽다가 지루해지면 해찰을 한다. 그리고 배낭에 넣은 오이를 꺼내 깨물어 먹고, 낙엽 아래 축축한 습기를 머금은 흙냄새를 맡으며, 숲의 여기저기를 둘러본다. 졸음이 오면 배낭을 베개 삼아 머리를 눕히고 짧은 낮잠에 빠진다. 눈을 감으면 나무와 나무 사이로 뚫고 들어오는 햇빛이 이마 위에서 흔들린다. 눈을 감은 채 바람이 나뭇잎들을 흔들며 내는 소리, 갖가지 새들의 노랫소리, 계곡 낮은 곳에서 흐르는 물소리들에 귀를 기울인다.

숲이 내는 소리들은 역설적으로 숲의 내밀한 고요의 깊이를 드러낸다. 그 고요는 깊고 깊어서 평화롭다. 숲은 명상의 삼매경에 빠지기 좋다. 숲속에서 정좌를 한 채 눈을 감고 손바닥을 하늘을 향해 벌리고 무릎에 올리고 무념무상에 드는 것이다. 나를 비우는 게 중요하다. 마음에 바글거리던 작은 근심이나 걱정이 먼지가 가라앉듯 가라앉는다. 숲속 명상은 우리를 협소한 사회적 존재의 망에서 벗어나 자유를 주고, 영혼에 더께 진 속진俗塵을 씻어내준다.

숲에서 배울 것은 도덕이나 윤리가 아니다. 숲에서 맨발로 걸으며 그 감촉을 만끽하고, 바람 소리에 귀기울일 뿐이다. 숲이 말로 가르치는 법은 없다. 다만 숲은 우리에게 감각적 경험을 갖게 한다. 숲에서 우리 심성은 좀더 너그럽고 착한 것으로 빚어진다. 나는 명상 삼매경에 들어 덧없는 윤회의 업을 내려놓고, 저 아득한 지질학의 시간을 넘어서서 원시의 숲과 내 자아가 하나로 이어지는 느낌을 갖는다. 생명의 시원始原은 의심의 여지없이 원시의 숲이다. 나는 생명의 율동과 노래로 가득찬 원시의 숲을 상상한다. 누가 숲의 정령들이 생명의 벅찬 기쁨을 드높이 자랑하는 생명 찬가를 듣는가. 그건 바로 원시의 숲을 상상할 수 있는 자들의 권리다. 숲에서 머무는 한나절 내내 나는 이 생명 찬가에 귀를 기울이는데, 그러면 심장 박동이 기쁨의 풀무질로 말미암아 빨라지는 것이다.

시간에
대하여

"시간이란 무엇인가?
누구도 나에게 시간이 무엇인지 묻지 않을 때는
시간이 무엇인지 아는 것 같은데,
정작 묻는 이에게 설명을 하려면
나는 시간이 무엇인지 말해줄 수 없다."

성 아우구스티누스
(Sanctus Aurelius Augustinus, 354~430)

초봄 햇빛은 금빛으로 환하고, 햇빛이 덥히지 못한 대기는 차갑다. 초봄의 맑은 날은 걷기에도 딱 좋다. 나는 집 근처 북카페에 나와 앉아서 커피를 마신다. 책을 뒤적이고 느적이며 간간이 떠오르는 착상들을 종이에 끼적이는데, 이때 시간은 할 수 있음과 할 수 없음 사이에서 길게 늘어진다. 사람들은 같은 시간대에서 만나며, 이 만남에서 사랑이 싹튼다. 어디 사랑뿐인가. 우리는 인생을 이 시간 속에서 겪는다. 시간은 우리의 안과 밖에서 우리를 그악스럽게 거머쥔 채 흐르는데, 우리는 시간을 가로질러 생각하는 일에 익숙하다. 현재의 시점에서 과거를 돌아보고 곧 도래할 내일의 시간을 그려본다. 이는 과거에서 미래로 이어지는 긴 시간을 점으로 응축해서 관조하는 행위다. 한 철학자는 "시간은 승리, 패배, 성취, 불만의 전반에 걸친 거대한 아르페지오를 연주한다"라고 말한다. 내가 한 카페에 나와서 행위와 무위 사이에서 책이나 뒤적이며 한가롭게 시간을 보낼 때 이 매임 없이 자유로운 시간은 감미롭다. 한 점의 죄의식도 없이 시간의 호젓한 만(灣)에서 빈둥거리며 흘려보내는 순간이 '나'를 의미의 존재로 빚는다고 믿기 때문이다.

호모 사피엔스가 지구에 처음 나타나고 20만 년이 흘렀다. 우리는 선조들이 출현한 뒤 20만 년이 흐른 지금 여기 시간의 기슭에서 살고 있는 것이다. 뇌에 남은 가장 오래된 기억의 잔해를 뒤져도 우리가 어떻게 이 지구에 왔는지는 알 수가 없다. 우리는 어느 날 "어머니에게 붉은 것(피, 내장, 심장)을, 아버지에게 흰 것(골수, 신경, 뇌)을, 그리고 신에게 숨결을 받"고, 지구 생명체의 일원으로 태어난다.(크리스티안 생제르) 우리는 인류의 전 역사를 안고 태어 나는 게 아니라 우리 존재 자체가 인류의 전 역사다. 우리 뇌와 무 의식 깊은 어딘가에 바코드와 같이 인류의 전 역사를 새기고 태어 난다! 시간이 우리를 먹이고 재우고 더듬고 쓰다듬으며 사람으로 키우고 빚어낸다.

삶이라는 기적은 오직 시간 속에서 경험한다. 다시 20만 년이 지난 뒤 또다른 인류가 이 시간의 기슭에서 사랑하고 애를 낳으며 살아갈 것이다. 우리는 다음 세대에게 이 지구를 내주고 떠난다. 어쨌든 인간은 시간을 살아내며 무엇인가가 되고 있다. 어린 시 절, 아득히 먼 미래를 상상한다. 어른이 된다는 건 쉽게 믿기지 않 았지만, 시간은 어김없이 우리를 미래로 데려간다. 아이들이 자라 서 어른이 되고, 먼저 난 자들은 노인이 되었다가 사라진다. 사람 들은 시간을 초, 분, 시, 하루, 주, 달, 계절, 해 단위로 분절하고, 크 고 작은 계획을 짜고 목표를 세우며, 삶을 단락짓는다. 삶이 원하 는 대로 살아지는 것은 아니지만, 시간은 미정형의 것에게 형태를 부여하고, 추상의 것들을 형태로 바꾸어 고정한다. 우리는 시간을 살아내며 무엇인가가 되는 것이다.

사람은 언제나 시간을 의식하며 살아가지만 애석하게도 시간의 주인은 아니다. 시간의 주인은 항상 시간이다. 사람이 겪는 존재 사건들, 즉 탄생, 성장, 결혼, 죽음 따위들도 전부 시간의 축에서 일어난다. 언제부터인가 시간은 문명사회에서 규율 권력으로 작동하기 시작한다. 우리가 시간이 만들어내는 규율의 내면화를 순순히 받아들이는 것과 문명화의 과정은 정확하게 일치한다. 결국 문명화란 제도와 규범들을 시간의 엄격한 지배 아래 두는 기술을 통해 완성되는 것이다. 이 문명을 움직이게 하는 재화와 서비스를 빚는 주재료 역시 시간이다. 그것들은 또다른 시간의 응집 형태다. 아울러 시간은 살아서 움직이는 사람들의 감정과 느낌과 습관에도 관여한다. 시간은 그렇게 모든 것을 주재하고 관여하면서 다양한 인생을 빚어낸다.

사실을 말하자면 시간은 존재 밖에 있는 것이 아니라 우리 안에서 움직이는 그 무엇이다. 우리가 무엇인가를 갈망하고 지향하면서 사는 한 시간은 우리를 포섭하고 긴장하게 만든다. 누구나 산다는 것은 시간의 자기 펼침이다. 뤼디거 자프란스키는 "인간은 항상 시간을 선취해가며 기대와 염려로 짜인 지평을 펼쳐간다"라고 쓴다. 사람은 기대와 염려 속에서 살아가고, 무엇보다도 근심은 시간 안에 깃든 유력한 권력자다. 우리는 늘 이것저것을 근심하며 살지 않는가? 근심은 자주 우리의 시간을 통째로 삼켜버린다. 왜 이런 사태가 벌어지는가? "시간의 불확실함, 예측 불가능성이 근심의 먹잇감이다. 인간은 미래를 바라보며 온전히 순간에 몰입하지 못하기 때문에 근심한다. 우리는 항상 미리 앞당겨 근심한다고 하이데거는 설명한다. 상황이 어떻게 전개될지, 무엇이 변화의 원인인지, 누가 주도권을 가지는지 알 수 없어서 인간은 근심한다. 근심은 아직 없는 것을 바라보는 태도다."(뤼디거 자프란스키) 근심은 아직 일어나지 않은 일, 아직 없는 깃을 바라보는 마음의 태도다. 아직 일어나지 않은 일, 혹은 없는 것을 대표하는 것 중 하나가 바로 죽음이다. 죽음은 언제 일어날지 알 수 없고 어떤 예측도 허락하지 않지만 인간은 기어코 죽는 존재다. 죽음은 미래의 어느 땐가 확실하게 실현될 수밖에 없는 실존의 사건이다. 차라리 인생이란 죽음을 포함한 온갖 크고 작은 근심과 염려라는 날실과 씨실로 짠 피륙이다.

시간 속에서 음식은 부패하고, 건물은 낡아가며, 사람은 늙는다. 이것은 어김없는 진리다. 시간은 사람의 출생에서 죽음까지, 그리고 사물과 현상, 제도, 가치, 금기, 이데올로기들의 출현에서 사라짐까지 늘 함께한다. 가장 짧은 시간은 순간이고, 가장 긴 시간은 영원이다. 이렇게 시간은 순간에서 영원 사이에 걸쳐져 있으며, 사건의 경과 속에서 피상성은 표피를 찢고 번뜩이며 제 존재를 드러낸다. 시간은 저 너머로 흐르면서 궤적과 흔적을 남기는데, 지나간 시간은 과거로 퇴적하고 지층을 이루며 화석화한다. 오지 않은 시간, 도래할 수 없는, 도래한다는 게 믿기지 않는 미래는 무한과 영원을 향해 뻗어 있다. 무한과 영원을 수량화하거나 계측할 수 없는 것은 시간이 닿을 수 없는 추상성을 품고 있기 때문이다.

사람이 겪는 과거와 현재와 미래는 일반적인 통념처럼 일직선 상으로 흘러가는 시간 단위가 아니다. 과거는 사건이 완료되어 이미 닫힌 공간도 아니고 흘러가버려 화석화된 때가 아니고, 미래는 사건이 일어나지 않은 채 미정형으로 머물지 않는다. 과거, 현재, 미래는 늘 서로를 끌어당기고 스미고 밀어내며 섞이고 중첩되면서 하나의 덩어리로 움직인다. 이를테면 태어남은 과거, 죽음은 미래의 어느 시점이라고 딱 부러지게 말할 수 없다. 과거와 미래는 명확하게 분리되지 않고 섞인 채 현재에 강력한 자장磁場을 미치는 것이다. 그런 까닭에 현재란 과거를 소비하며 동시에 미래를 빌려다 쓰며 빚어낸 시간이라고 할 수 있다. 사람마다 차이가 있지만 오늘의 삶이란 일정 정도의 과거를 머금고 있으며, 미래를 끌어다 쓰고 있는 것이다. 현재가 과거를 머금는 두 가지 방식은 망각과 집착이다. 망각된 것은 소진된 기억의 시간이고, 집착은 소진되지 않은 채 나를 과거에 매어두는 시간이다. 현재가 미래를 끌어다 쓰는 유력한 방식은 희망과 상상이다. 우리는 망각을 딛고 상상하며 미래로 나아간다. 혹은 많은 것들을 망각 속에 묻으며 희망을 품고 오늘의 역경을 견디는 것이다.

또다른 불변하는 진리는 시간이 유한자원이라는 점이다. 사람은 시간이라는 제약 속에서 무엇이 되고자 하는 의지를 펼친다. 우리는 시간 속에서 무수히 많은 시작과 끝, 실패와 성공을 겪으면서 삶을 빚는다. 시간은 가능한 것을 불가능하게, 혹은 불가능한 것을 가능하게 만든다. 행위와 무위 사이의 빈둥거리는 시간이 '나'를 느끼게 한다. 재독 철학자 한병철은 『시간의 향기』에서 "진리는 그 자체로 이미 시간 현상이다. 진리는 지속적인 영원한 현재의 반영인 것이다. 휩쓸려가는 시간, 쪼그라드는 덧없는 현재는 진리의 알맹이를 갉아먹는다"라고 쓴다. 휩쓸려가는 시간은 모든 사물과 관계들을 부서뜨리고, 깨뜨리며, 바스러지게 한다. 이 무진리의 무정한 시간은 세상의 자원들을 무자비하게 약탈하는 본색을 드러낸다. 그것은 완만하게, 혹은 매우 급박하게 흐르며, 많은 것들을 고갈, 파괴, 소멸에 이르게 한다. 아무도 시간의 소실점 너머로 사라짐을 피할 수가 없다. 우리는 시간을 마주하고 있을 뿐만 아니라 우리 자신이 시간이기도 하다. 따라서 우리가 죽으면 우리의 시간도 함께 사라진다.

우리는 시간 속을 스쳐가는 나그네들이다. 나그네들은 늘 자기가 머무는 지점에서 새출발 한다. 그들은 과거에 구속되지 않으며 미래를 희망이라는 이름으로 꿈꾸지도 않는다. 나그네들은 과거에 매이지 않고 오직 현재에서 현재로 이동한다. 지혜로운 나그네들은 과거를 돌아보지 않고, 미래를 근심하지 않는다. 한 끼니의 식사, 하룻밤의 잠이 보장된 것에 안심하며 사는 자들에게는 근심이 없다. 과거도 모르고 미래도 모른 채 현재 속에서 사는 자들은 행복한데, 그들은 행복해서 근심하지 않는 게 아니라 근심이 없기 때문에 행복한 것이다.

나이듦에
대하여

———

—

"요람은 심연 위에서 흔들린다.
그리고 상식은 우리에게 말해준다.
인간 존재란 단지 어두컴컴한
두 영원의 세계 사이를 가르는 찰나의 빛에 불과하다고."

블라디미르 나보코프
(Vladimir Nabokov, 1899~1977)

염천炎天으로 온 세상을 달구던 여름이 물러난다. 이 여름의 폭정에 대해 무슨 말을 덧붙이리. 아아, 여름이 끝났구나! 여름의 자유는 이토록 울울창창했건만 그 자유를 만끽하지 못했다. 우리가 잘 익은 수박 몇 통을 깨 먹고 여름을 떠나보내는 동안 별들은 늙어 한숨을 쉬고, 흑염소 수컷들은 이마에 막 돋아난 뿔을 나무와 바위에 문질렀다. 여름이 끝났어도 남태평양 산호 군락지는 여전히 아름다울 것이고, 사나운 장수말벌들은 날카로운 침을 감추고 여전히 공중에서 붕붕거릴 것이다. 이 여름 역시 세계 이곳저곳에 끝없는 이야기들을 뿌려놓은 채 자취를 감추었다.

여름 폭염 속에서 나는 마치 상傷한 수중생물처럼 무력했다. 몸이 상한 수중생물이 심해에 배를 붙인 채 상처가 낫기를 기다린다. 나 역시 더위를 피해 여름이 끝나기만을 기다렸다. 더위에 무력해진 채 그늘을 찾아다니며 서책 몇 권을 읽고, 콩국수 몇 그릇을 먹거나 집에서 감자와 옥수수를 삶아 먹으며, 실내에서 키우는 꽃기린과 난 화분에 때맞춰 물을 주었다. 여름내 방치한 시골집은 사람 키만큼 웃자란 개망초 따위의 풀들로 뒤덮여 사람을 놀래킨다. 나는 풀들에 장악당한 시골집을 바라보면서 망연자실했는데, 집은 망한 나라와 같이 불쌍하고 스산했다. 시골집은 폐가와 같았다. 풀들 중 칡덩굴과 환삼덩굴의 기세가 가장 극성맞다. 이 덩굴

식물들은 마당은 물론이거니와 문 앞까지 거침없이 뻗어와서 출입문까지 막고 가릴 기세였다. 이 그악스러운 것들을 낫을 들어 겨우 몇 줄기 베어버렸다. 진한 풀냄새가 피비린내인 듯 주위에 자욱했다. 나는 숨을 돌리고 문 앞 그늘 아래 의자에서 책을 읽는데, 가까운 숲속의 매미들과 풀숲 어딘가에 숨은 풀벌레들의 울음소리가 합창을 이루며 울려왔다. 그것은 어떤 연주회장에서도 들어보지 못한 실로 웅장한 교향악이었다.

휴가를 떠났던 사람들이 여행지에서 돌아와 일상으로 복귀한다. 산과 바닷가에서, 해외의 관광지에서 돌아온 사람들로 텅 비었던 도심은 아연 소란스러운 활기를 찾는다. 서울 중심을 관통하는 지하철들은 출퇴근하는 사람들로 북적인다. 일상은 휴가를 떠나기 전과 다름없는 평온을 되찾는다. 북한의 핵 위협, 청년실업과 비정규직 문제, 최저임금과 수출 격감, 국제 유류 시세와 독도 문제와 사드 배치로 야기된 이념 갈등, 그리고 대통령의 비선 실세들의 국정 농단과 헌법 파괴로 인해 빚어진 작금의 탄핵 사태와 정치 혼란은 오늘의 현안이다. 이 현안들을 두고 정치판은 당파적 전략에 골몰하고, 주식시장의 주가株價는 날마다 등락騰落을 되풀이한다. 저 먼 곳에서 날마다 일어나는 재난과 기아들은 기어코 우리의 현안이 되지는 못한다. 우리는 출근길에 그 뉴스들을 무심히 듣고 흘려버린다. 우리에게 중요한 것은 우리 기분과 도무지 만족을 모르는 마음이다. 우리는 점심 메뉴를 고르느라 고심하고, 저녁의 회식자리에 더 신경을 쓰며 평온한 일상을 살아간다.

어느덧 조석朝夕의 바람 끝이 차가워졌으니, 올해의 반딧불이와 버찌와 복숭아와 물옥잠화와 수련의 계절은 끝난 셈이다. 밤에는 귀뚜라미가 울고, 달은 더 높이 떠오른다. 곧 서리가 내리리라. 두릅나무들이 떼로 번져 집성촌을 이뤄 번성하는 시골집 언덕에 자리잡은 구절초들의 꽃봉오리들이 피어나리라. 구절초들아, 어서 피어나라! 여름을 보낸 기쁨으로 너를 맞으리라.

여름 초본식물들이 불에 그을린 듯 맥없이 시들고, 노란 감잎들 붉은 단풍나무 잎들 우수수 지고, 양서류들이 구절초들이 아주 자그마한 우산같이 꽃들을 펼치면 나는 덧없는 서러움에 잠길 테다. 먼저 북풍이 불고 서릿발 솟은 땅을 밟는 기러기들 발인 듯 내 마음은 춥고 시리다. 가을의 서러움은 잃어버린 것들, 그 상실과 부재에서 비롯되는 것이다. 오래 간직하던 운모가 박혀 반짝이는 돌들, 소년 시절 수집하던 먼 나라의 우표들, 밤마다 지켜보던 소녀가 사는 집의 불 켜진 창문, 그리고 내 품을 떠나 먼 곳에 뿌리박고 사는 어린것들……. 내가 놓친 이것들을 애타게 그리워하며, 내 마음을 속속들이 물들이는 이 쓸쓸함을 수습하려 시집과 철학 책들을 찾아 읽는다.

1961년 태어나 마흔한 해 만에 홀연 생을 등지고 떠난 한 무명 시인의 시집도 내 독서목록에 들어 있다. 그는 단 한 권의 유고 시집만을 남겼다.

나중에 나중에
고요한 시절이 오면
잘생긴 아들을 낳으리라
아들이 자라
착실한 소년이 되면
함께 목욕탕에 가리라
싫다는 아들에게
등을 밀어달라고 하리라
할 수 없어서 나의 등을 밀었어도
아들은 내게 제 등을 맡기지 않으리니
나중에 나중에
내가 늙고 아들이 장성하면
다시 목욕탕에 가리라
싫다는 나에게
아들은 등을 돌리라고 하리라
할 수 없어서 나의 등을 맡겼어도
아들은 내게 제 등을 밀게 하지 않으리니

나중에 나중에
고요한 시절이 오면

윤택수(1961~2002), 「찬가」

내게도 고요한 시절이 있었던가? 나는 세르비아의 농부들을 모르고, 카이로의 상인들을 모르고, 코펜하겐에 있는 선박회사 간부들의 속사정을 몰랐어도, 그럭저럭 평온하게 잘 먹고 잘 살았다. 나는 무구한 웃음을 웃고, 사업에 골몰하면서도 어린 자식들을 건사하며 잘 살았다. 아이들은 환절기마다 감기를 앓으며 자라고, 나는 비탄을 낳는 실패와 크고 작은 성공으로 성취의 기쁨을 누리며 한 가정의 가장으로 의연했다. 어느 순간 그 평온은 풍비박산이 났다. 그때 운명의 낯섦과 불가항력에 나는 크게 놀랐다. 나는 청년 시절도 낯선 경험이었지만 마흔도 첫 경험이기는 마찬가지였다. 나는 호구지책을 위해 창업했던 사업을 접고 아무 연고도 없는 시골로 내려왔다. 나는 파편으로 떨어져 두려움에 떨며 종잡을 수 없는 미래를 불안한 시선으로 바라봤다. 나는 불안과 두려움을 다독이고자 장자와 노자를 옆에 끼고 살았다. 남을 이롭게 하기 위해서가 아니라 내 보람과 기쁨을 위해서 그것들에 매달렸다. 그 사이 아이들은 자라나 내 품을 떠났다. 나는 속수무책으로 나이를 먹었는데, 목욕탕에 가서 어린 자식의 등을 밀며 평화를 누리던 시절은 사라졌다. 장성한 아들에게 내 등을 맡기는 시절은 영영 오지 않았다. 그랬으니 내게는 고요한 시절이 없었다.

여름은 지나갔다. 그 시절이 절대로 돌아오지 않는다 해도 덧없었다고 말하지는 않으리. 인생의 여름은 일도 사랑도 투쟁심에 불타 밤새우며 몰두하는 시절이었다. 나는 모든 것들을 더 잘하고, 내 몫의 열매들을 기어이 손에 쥐려고 안달했다. 돌이켜보니 청년기는 기회이자 위기의 시기였다. 그 시절은 누구나 "자아 속에서 중심을 잡고, 자아의 입장에서 출발하여 세계와 대결하며 세계 속에서 자신만의 일을 시작"(로마노 과르디니)하는 것이다. 산다는 것은 바로 세계 속에서 자신의 일을 하는 것. 미숙과 시행착오도 없지 않았지만 나는 잉여의 추동력으로 일과 사랑에 대처하며 살아왔다. 어떤 일에는 성공하고 어떤 일에는 실패했다. 그것들 하나하나를 더하고 빼보니, 내 인생을 그렇게 나쁘지 않았음을 알겠다.

소슬한 바람이 부는 가을이 온다. 모든 것은 쇠락하고 끝들을 드러낸다. 가을이 끝나면 곧 북풍과 초빙과 더불어 겨울이 닥친다. 노년은 모든 게 위축되고 움츠러드는 겨울이다. 노년에는 젊음이 누리던 특권적인 것들과 정반대되는 것들이 나타난다. 어떤 일들에 거침없이 뛰어드는 모험과 도전에의 열정은 줄고, 사태를 지켜보는 관조적인 태도를 취할 때가 더 많아진다. 새로운 것을 향한 호기심과 의욕이 사라지고, 세상을 바꾸려는 의지도 고갈된다. "충동의 강도와 깊이"는 줄고, "감각적인 수용 능력"도 현저하게 떨어지는 까닭이다. 무릎 관절들은 약해지고, 심장은 덜 힘차게 뛰며, 혈관벽은 얇아진다.

신체 전체에 퍼진 노쇠함으로 몸은 예전과 다르다. 겨울은 밤과 어둠이 길게 이어진다. 물들은 얼어붙고, 식물들은 씨앗으로 이 죽음의 계절을 견딘다. 다른 한편으로 겨울은 숙고와 성숙의 계절이다. 나는 내면의 무정부 상태를 평정하고 한결 안정된 시선으로 삶의 전 부면을 찬찬히 살펴보며 그에 대해 숙고할 것이다. 내면의 고요는 나이들어가는 자에게 도착한 선물이다. 나는 내 삶이 영원하지 않다는 걸 안다. 영원이란 무엇인가? "영원성은 질적인 '다름'이고 '자유'이며 '제약받지 않는 절대성'입니다."(로마노 과르디니) 나는 살아서 그 영원을 꿈꾸지 죽은 뒤 영원을 바라지는 않을 것이다. 나는 천천히 늙어가며 삶의 찰나들에게서 그 영원이 번쩍이는 것을 본다.

인생의 그 많은 여름 중 하나가 끝났다. 새 계절을 맞는 것은 늘 기쁜 일이다. 이 가을을 전대미문의 기쁨으로 충만한 계절로 만들자. 도라지꽃들은 도라지밭에 지천으로 피어나게 두고, 점치는 자들은 점치게 하며, 저물 무렵 시골집 부엌을 들여다보는 너구리 가족들은 그들의 일을 하게 놔두자. 밤에는 숙면을 하고, 새벽에는 솔숲을 바라보며 강물 소리에 귀기울이자. 우리는 새로 거둔 햅쌀로 밥을 지어 먹고, 이웃과 반갑게 인사하며, 한가한 밤에는 밤하늘의 별자리를 올려다보자.

단순함에
대하여

1

————

"인생의 가치는 그 생에서 얼마나 많은 것을 이루었느냐가 아니라
행위 하나하나에 깃든 현존의 질에 달려 있다."

프레데릭 르누아르
(Frédéric Lenoir, 1962~)

며칠 새 하늘색이 바뀌고, 바람이 선선해진다. 가을바람이다. 가을 바람은 구운 감자 냄새를 품는다. 열대야가 자취를 감춘 이즈막의 새벽엔 한기를 느껴 이불을 턱밑까지 끌어다 덮는다. 천지간에 가을 기운이 물씬하다. 새 계절이 오자 잃었던 입맛을 되찾고 바닥을 드러내던 삶의 활력도 차오른다. 아, 덧없이 멀어지는 여름이여! 당신은 지금 살아가는 일이 시들한가? 기쁨과 보람은 적고 근심과 불만은 큰가? 나날이 권태롭고 미래에 대한 확신이 없는가? 그렇다면 자신을 돌아보라. 새 계절은 '나'를 돌아보고 사는 방식과 일상을 성찰하기에, 삶을 지탱하는 중요한 가치와 그렇지 않은 것을 분별하고 질서를 만들기에 맞춤하다.

아내는 여름옷들을 정리하고 수납하는 김에 옷장을 정리해서 몇 해 동안 입지 않은 옷들을 빈티지 숍에 갖다주었다. 최소한도의 필요를 넘어서는 옷들은 잉여이자 불순물이다. 이것들을 걷어 내자 옷장이 훨씬 넓어졌다. 정리하는 데 한나절이나 걸렸지만 그만한 가치가 있는 일이다. 큰 가구를 처분하고, 작은 가구를 들이는 것도 단순한 생활에 도움이 된다. 오래 쓰지 않는 물건들은 가차없이 치우자. 지금 쓰지 않는 것들을 아까워할 이유는 없다. 당장 필요하지 않은 것은 앞으로도 필요하지 않다. 남는 물건들을 필요한 이웃에게 나눠주거나 갖다버리자. 안 쓰는 물건을 버려 살림을 간소하게 꾸리면 그만큼 치우고 먼지를 털고 관리하는 데 시간과 힘을 아낄 수가 있다.

하루 동안 먹는 것은 물 몇 잔, 과일 조금, 현미밥 한 공기가 전부다. 그 밖에 두유나 우유를 마시거나, 견과류 따위를 조금 먹는다. 적은 음식으로도 필요한 열량을 충분히 얻을 수 있다. 생물학적 필요보다 더 많이 먹는 것은 탐욕이고, 남은 열량들은 비축되어 비만을 낳는다. 시골에 살면서 살찐 새를 본 적이 없다. 새들은 필요한 만큼 모이를 구해 먹는다. 몸피가 작은 만큼 먹는 양도 최소량이다. 새 모이만큼 먹는다라는 말도 있지 않은가! 자연에서 잉여를 쌓는 것은 죄악이다. 새에게서 적게 먹고 작게 소유하는 방법을 배울 수 있을 테다. 욕망을 줄이고 비우는 것은 일종의 지혜다. 물건을 사서 쓰는 데도 현명한 소비가 필요하다. 넘치는 소비를 절제하는 것은 마음의 건강에도 필요하다. 과잉의 소비는 마음 어느 구석에 죄책감을 남기고, 죄책감으로 얼룩진 양심은 우리를 찌른다.

나는 단순한 공간, 단순한 사람, 단순한 문장, 단순한 디자인, 단순한 물건들이 좋다. 단순한 것들은 기본에 충실한 것이고, 복잡한 것은 기본에서 벗어난 것일 가능성이 크다. 단순한 것이 아름답다는 것을 깨닫는다면 삶을 단순하게 하고자 애쓸 것이다. 복잡한 인간관계, 많은 약속들, 어지러운 사교생활 따위는 분명 나를 복잡함에 얽매이게 한다. 나는 이런 복잡함 일체를 끊어냈다. 읽고 쓰는 일에 집중하려고 번잡함에서 멀어져 스스로 침묵과 칩거를 선택했다. 일과가 단순해지면 마음은 한결 가벼워지고, 자신의 일에 몰입할 수가 있다. 몰입을 하면 일에서 더 큰 만족과 보람을 갖게 된다. 몰입은 단순함의 열매요 축복이다. 아울러 단순함이란 비본질에서 멀어지고 본질에 충실해지는 것이다.

단순한 것은 아름답기에 항상 단순한 것이 옳다. 단순함에 머물 때만 우리는 가장 지고한 삶을 꾸릴 수가 있다. 최고의 명상법을 가르쳐달라는 사람에게 승려 틱낫한은 "설거지를 하십시오. 다만 그릇이 아기 부처님이라고 상상하면서 잘 닦아보십시오."라고 했다. 마음의 욕심과 번뇌를 덜어내기, 최소한의 물질로 살아가기, 돈을 좇는 일에서 자유롭게 되기, 먹고 입고 즐기는 것에서 유행 따라 하지 않기, 현재에 마음을 집중하기, 이런 기반 위에서 단순한 생활을 세울 수가 있다.

적게 먹고 몸을 가볍게 하는 사람, 깨끗하고 단순한 양심으로 건강한 생활방식을 누리는 사람, 돈보다 보람과 기쁨을 좇는 일을 하는 사람은 늘 생기로 넘친다. 중요한 것은 돈이 아니라 가치와 기쁨으로 충만한 삶이다. 건강한 몸과 마음, 사물과 현상을 관조할 수 있는 사색, 기쁨을 낳는 활동들, 게으름이라는 사치를 누릴

수 있는 한가로움. 이런 것들이 없다면 생활의 활력도. 행복의 약
동도 없다.

단순함에
대하여
2

―――――

"생각은 아주 더디고 힘겹게 움직인다.
그러나 인생의 마지막까지 나날의 생활 속에서
우리의 방향 찾기를 위한 나침반이 되어주고,
옳은 길과 그른 길을 알려줄 수 있는 것은
오로지 생각의 노동뿐이다."

서동욱
(1969~)

인생의 황금기인 삼십대에서 사십대 초반까지 나는 출판사를 꾸리고 성공을 향해 바쁘게 뛰며 살았다. 출판한 책 몇 종이 베스트셀러가 되면서 출판사 규모가 커지고 살림 형편도 여유를 갖게 되었다. 남들이 그러는 것처럼 더 큰 집을 사서 이사를 하고 더 좋은 차를 탔다. 물질적 규모를 키우며 사는 게 잘 사는 기준인 사회에서 성공한 사람으로 꼽을 만한 조건들을 갖춘 것이다. 일이 늘고 아이들은 문제없이 커가는 동안, 내 심령을 돌보는 일에는 소홀했다. 내 처지를 두고 남들은 부러워한다만 나는 어쩐지 스스로를 가엾게 여겼다. 좋은 집에서 많은 것들을 누렸지만 풍요 속에서 알 수 없는 빈곤감에 휘둘렸던 탓이다. 내면을 파고드는 이 빈곤감과 불행감이 어디에서 비롯되는지를 도무지 알 수가 없어 전전긍긍하다가 인생의 큰 위기와 만나는 찰나, 내 삶을 받쳐주는 토대라고 믿었던 질서나 안녕 따위가 정말 어처구니없이 무너졌다. 이것들이 사상누각같이 허물어질 때 내가 쌓아온 것들이 얼마나 허술한 것인지를 비로소 깨달았다. 출판사 문을 닫고 그 파장으로 이혼을 하고 생활이 풍비박산하면서 아이들은 방황했다.

2000년 여름, 시골로 내려와 가난한 살림을 꾸리면서 성공신화를 따르던 내 안에 끈적하게 달라붙어 있는 불행과 빈곤감의 정체가 뭔지를 깨달았다. 나는 몸과 마음을 돌보지 않은 채 전력을 다

해 앞으로 내닫는 데만 몰두했다. 멈추고 돌이켜보니, 마음이 끌어가지 않은 삶은 내가 꿈꾼 궤도를 벗어나서 저만치 알 수 없는 방향으로 나아갔다. 시골에 와서 노자의 『도덕경』과 『장자』를 일삼아 읽고 마음공부에 매진하면서 앞으로만 내닫는 삶, 물건들을 사들이며 소비에 도취됐던 삶이 왜 어리석은지를 통렬하게 깨달았다. 나를 끌고 간 것은 제어하지 못한 욕망이었다. 그게 빈곤감과 불행의식의 실체라는 걸 알아챈 뒤 나는 적게 벌고 적게 쓰는 최소주의의 삶에 대한 사유를 시작했다. 가치의 추구에서 벗어나 잉여의 물건들에 둘러싸여 허우적일 때 우리 윤리의식은 마비되고 삶은 방향을 잃는다. 가치 있는 것에 집중하려면 불필요한 물건들을 정리하고, 마음에 쌓인 갈망을 덜어내야 한다.

단순하게 살자! 나는 단순하게 사는 실천 방안으로 느림과 비움을 근원 가치로 삼았다. 그 무렵 『장자』를 읽으며 '심재心齋'라는 낯선 단어를 만나며, 단순함에 더 다가가는 추동력을 얻었다. 포만감에 빠져 있을 때 아무리 좋은 음식도 맛있다고 느끼지 못한다. 많은 이들이 그랬듯이 나 역시 너무 많이 가진 탓에 불행의 덫에 걸린 것이다. 몇 년 동안 한 번도 꺼내 입지 않은 옷들이 옷장을 가득 채우고 있다는 사실은 충격이었다. 입는 옷과 입지 않는 옷들을 분리하며 옷장을 말끔하게 비웠다. 옷들은 대개 쓸 만한 것들이었으니 사람들이 나눠 쓰게 마을회관에 보냈다. 언젠가 쓸

지도 몰라, 하는 것들은 대개 평생 다시 쓸 일이 없는 물건들이다. 쓰지 않는 그릇들, 소파, 창고에 방치된 취미 용품이나 운동기구 따위를 이웃들에게 나눠주었다. 물건들을 정리하면서 버릴까 말까 망설이게 될 때 기꺼이 버리는 쪽을 선택했다. 오래 묵은 소파를 치웠더니 거실이 넓어졌다. 마음이 홀가분하고, 기분도 더 좋아졌다.

물건들에 대한 집착에서 벗어나 생활을 단순하게 꾸리자 모호하고 막연했던 것들이 투명하게 드러났다. 불필요한 물건들과 복잡한 생활이 본질들을 가리지만 가치와 본질에 집중할 때 인생의 가능성은 더 커진다. 버릴수록 더 풍요가 커진다는 사실을 깨닫고, 물건은 필요한 것만 사되 비싸더라도 질 좋은 것을 사서 오래 쓴다. 나는 기꺼운 마음으로 소비에는 인색하면서도 좋아하는 일들을 할 때 돈을 아끼지 않는 쪽에 섰다. 나는 책 읽기, 책 쓰기, 명상, 산책, 여행 따위를 좋아하니 그것들에는 돈과 시간을 아끼지 않는다.

가족과 자기를 위한 시간들, 가치에의 집중, 소박하고 단순한 생활방식에 더 큰 행복이 깃든다. 성공과 소유가 행복을 가져다준다는 믿음은 자본주의가 만들어낸 허구이고 거품일 뿐이다. 자본주의가 유포하는 가짜 신화를 따르지 않고 가치와 충만함에 집중해야 행복해질 수 있다. 단순한 삶을 꾸리려면 소유에 대한 집착과 비본질에서 벗어나 본질을 취하는 삶에 충실하고 거기서 기쁨과 보람을 찾아야 한다.

돌이켜보면 문학이나 미술 쪽에서 '미니멀리즘'이 논의된 게 1990년대다. 사회 분야에서 '다이어트'나 '다운다이징'이라는 말들이 떠돌고, 사회 조직이나 정부 조직을 줄이자는 제안들이 이어졌다. 미니멀리즘은 생활방식의 변화에까지 영향을 미쳤다. 심플라이프에 대한 각성은 단순함의 미학 추구, 작은 집에서 살기 운동, 소식小食이 좋다는 인식을 낳는다. 이것은 낭비와 소비의 삶에 제동을 거는 생태주의적 각성에 바탕을 두는 것으로 욕망의 부추김으로 폭주하는 주류 문화에 대한 반동에서 나온 반문화 운동이다. 더 많은 사람들이 이런 '단순함의 미학'을 따르고 거기서 의미를 찾는 것은 매우 바람직한 현상이다.

인생은 흔히 여행과 견줘지는데, 짐이 많은 여행에 나서는 것은 괴로운 일이다. 젊을 때는 그런 짐들을 감당하지만 나이들어 기력이 떨어지면 짐 많은 여행은 고역이다. 인생도 마찬가지다. 지금까지 살아온 삶을 돌아보니 물건을 사들이고 소유하는 방식의 삶은 무상할뿐더러 오히려 불행의 악순환을 낳는 것은 아닌가 하는 소회를 품게 되었다. 인생의 긴 여정에 넘치도록 많은 물건들은 짐이 되기 때문이다. 나는 버리고 비우면서 사는 방식, '단순한 삶'을 기꺼워하고 그것을 옹호한다. 버리고, 비워라! 친한 벗들에게 '단순한 삶'을 권유한다. 그게 행복에 더 가까워지는 방식인지 아닌지는 모르겠으나 확실히 근심을 줄이는 방식의 삶이라는 걸 깊이 이해했기 때문이다.

숲에서
생각한 것들에
대하여

———————

"나는 인생을 내 뜻대로 살아보고 싶어 숲으로 갔다.
삶의 본질적인 요소들에 정면으로 맞닥뜨린 채,
삶이 주는 가르침을 배울 수 있는지 알아보고 싶었다.
나중에 죽음을 맞이하게 되었을 때,
헛되이 살지는 않았다고 생각하고 싶었다."

헨리 데이비드 소로
(Henry David Thoreau, 1817~1862)

타는 듯한 더위가 극심한 여름 초입이다. 100년 만의 폭염이라고 한다. 가뭄까지 겹쳐 저수지들이 쩍쩍 갈라진 바닥을 드러내고, 농사짓는 사람들은 논밭 작물들이 땡볕에 말라 죽는다고 아우성이다. 날이 더워지니 자연휴양림에서 여름 한철을 지내고 싶은 마음이 간절하다. 울창한 나무들 탓에 한낮에도 햇빛이 들지 않아 어둡고 서늘한 숲속에서 여름 한철을 난다는 것은 상상만으로도 마음이 서늘해진다. 본디 숲은 인류의 원적지原籍地이고, 생명 본질과 깊이 상관되는 장소다. 우리의 비극은 숲이 우리 실존의 한 부분인데, 숲에서 멀어진 채 삭막한 삶을 이어가고 있다는 데서 비롯되는지도 모른다.

현생 인류는 한결같이 숲속 생활자들이었다. 우리 선조들은 숲에 깃들어 살며 열매들과 뿌리를 채집하고, 작은 동물들을 사냥하며 생명을 이어온다. 숲은 인류가 필요한 음식들, 잠자리, 정서적 안정, 피난처, 자식을 낳아 기르는 곳을 아낌없이 준다. 고대 원시림에서 인류는 숲과 공진화共進化를 하며 누대에 걸쳐 삶과 죽음을 품은 야성의 한 종류였으리라. 그러나 숲이 인류의 것일 수만은 없다. 숲은 식물과 균류, 양서류와 파충류, 조류와 영장류 따위를 포괄하는 야생동물이 어우러져 사는 생태 천국이다. 숲은 "유기체의 장소이고 수많은 생명체의 천국이며, 생명이 그 자신의 수수께끼를 탐구하는 사원"(게리 스나이더, 『야생의 삶』)이었다. 숲을 잃은 것과 동시에 인류는 이 생명체의 천국에서 추방되어버린다.

인류가 채집과 수렵시대를 벗어나 들을 갈아엎어 단일작물의 경작지로 바꾸고, 도시를 세워 살게 되자 문명 건설자라는 명성을 얻는다. 숲은 잃어버린 어머니, 생명의 시원始原, 생명의 원형질이 빚어진 곳이다. 인류는 자신들을 낳고 기른 숲을 떠나 새로운 삶의 양식樣式을 모색하는데, 숲을 나온 인류는 오랜 시련과 불행 속에서 헤맨다. 그 수난과 고통 속에서의 헤맴, 그 방황과 시련의 역사가 곧 인류사다. 우리 선각先覺들 중 일부는 숲으로 귀환하는 것에서 구원의 가능성을 모색한 바 있다. 문명을 등지고 숲속 생활을 한 헨리 데이비드 소로가 그런 사람 중 하나다. 헨리 데이비드 소로는 『월든』에서 이렇게 말한다. "나는 인생을 내 뜻대로 살아보고 싶어 숲으로 갔다. 삶의 본질적인 요소들에 정면으로 맞닥뜨린 채, 삶이 주는 가르침을 배울 수 있는지 알아보고 싶었다. 나중에 죽음을 맞이하게 되었을 때, 헛되이 살지는 않았다고 생각하고 싶었다." 소로는 인생을 제 뜻대로 살아보려고, 삶의 정수를 들이켜려고 숲으로 갔던 것이다.

미래 인류의 생존은 1억 년 전부터 이어진 열대림들의 잔존 여부에 달려 있는 것인지도 모른다. 열대림이 사라지면 지구라는 행성에 번성하는 생명체들은 위기에 처할 것임에 틀림없다. 그럼에도 인류는 개발이라는 명목으로 이 열대림들을 없애는 데 열중한다. 이 자연의 파괴 앞에서 위기의 빌미가 되는 여러 환경적·윤리적 난제들에 대해 궁구하지 않으면 안 된다. 분명한 한 가지 사실은 인류 대다수는 숲에서 사는 능력을 잃었다는 점이다. 이는 문명화에 따른 상실이다. 또한 우리는 숲의 신성과 도덕성, 다른 개체군들과 균형과 조화를 이루는 법을 망각한다.

숲을 잃은 인류는 새로운 숲을 조성한다. 몇만 년 전 조상이 깃들어 살던 숲과 전혀 다른 형태의 숲인데, 이것은 도서관이다. 도서관은 숲이다! 도서관 서가를 채운 장서藏書들은 예외 없이 나무에게서 나온 것들이다. 수백만 권 장서들 하나하나가 나무들이다. 수백만 권 장서로 빽빽한 도서관은 인류가 살아가는 데 필요한 지혜의 원천으로 의연한다. 그러므로 오늘날의 도서관들은 고대의 울울창창한 숲에 상응한다. 지구의 허파 노릇을 하는 열대림들이 그랬듯이 지식과 지혜의 숲인 도서관들이 우리를 정신적·정서적으로 부양한다. 실제의 숲도 상징의 숲도 다 살려야 한다. 그래야만 인류는 지속가능한 생존과 번영으로 나아갈 수 있다. 한데 이 두 숲의 미래는 어둡다. 나는 여름 한철 숲속에 머물며 이 문제에 대해 오래 생각해볼 참이다.

도서관에
대하여

"청춘은 들고양이처럼 재빨리 지나가고
그 그림자는 오래도록 영혼에 그늘을 드리운다."

김연수
(1970~)

이십대 초반 무렵 서울의 한 시립도서관에서 살다시피 했다. 돈도 없고 갈 데도 마땅치 않은 청년이 찾아갈 수 있는 유일한 곳이 도서관이었으니까. 나는 시립도서관에서 온갖 종류의 책들을 읽었다. 아침에 가서 저녁 무렵까지 거기 머물며 빈둥거리다가 돌아오는 날들도 있었다. 어쨌든 어깨 너머로 환한 햇빛이 쏟아져 들어오던 참고열람실에 앉아 책을 펼치면 내면은 금세 고요로 충만해졌다. 책의 펼친 양면을 물들이던 그 환한 빛과 책을 읽는 내내 내면을 풍요롭게 하던 고요가 정말 좋았다. 무엇보다도 책 읽기를 좋아했지만, 책을 집중해서 읽을 때 영혼을 갉아먹는 불안이 만드는 소음에서 벗어날 수 있어서 더 좋았다. 나는 과연 사람다운 사람으로 살 수 있을까, 하는 게 그때의 걱정거리였다. 나는 무위도식하다가 결국 '아무것도' 아닌 존재로, 백수로 생을 마치고 말 것이란, 내 의식을 파고들던 불길한 생각들과 싸웠다.

내게 도서관은 도피처이자 은신처, 돈이 들지 않는 놀이터, 박물적 지식을 얻을 수 있는 학교였다. 나는 프랑스 상징주의 시인들인 말라르메, 랭보, 발레리의 시집들을 찾아 읽거나, 니체와 하이데거와 바슐라르의 책들을 집중해서 읽었다. 어디 그뿐인가. 내 지적 능력으로 감당할 수 없는 책들을 책상 위에 쌓아놓고 읽어나갔다. 그 책들을 읽으며 간간이 푸른 노트에 시를 끼적이고, 어설

푼 비평 문장들을 써내렸다. 결국 그 시립도서관의 참고열람실에서 쓴 시와 문학평론이 몇 해 뒤 일간지의 신춘문예에 당선하면서 문단 말석에 이름을 올릴 수 있었다.

다른 사람들이 '도서관'이라고 부르는 우주는 육각형 진열실들로 이루어진 부정수, 아니, 아마도 무한수로 구성되어 있다. 각각의 진열실 중심에는 낮은 난간으로 둘러싸인 커다란 통풍구가 있다. 그 어떤 육각형 진열실에서도 위에 있는 층들과 아래에 있는 층들이 무한하게 보인다. 진열실들은 모두 동일하게 배치되어 있다. 각 진열실에는 스무 개의 책장이 있다. 두 면을 제외한 각 면마다 다섯 개씩의 책장들이 늘어서서 네 개의 면을 덮고 있다. 책장의 높이는 바닥에서 천장 높이와 같고, 보통 키의 사서보다 조금 큰 정도이다. 책장이 놓여 있지 않은 두 면들 중의 하나는 일종의 좁은 복도와 연결된다. 그 복도는 모두가 똑같은 형태와 크기를 가진 다른 진열실과 이어져 있다.

호르헤 루이스 보르헤스, 「바벨의 도서관」

도서관이란 어떤 장소인가? 아르헨티나의 국립도서관장을 지낸 작가 보르헤스는 '바벨의 도서관'을 이렇게 상상한다. '바벨의 도서관' 내부에는 육각형 진열실들이 동일하게 배치되는데, 아마도 무한수로 구성된 탓에 책 역시 무한수로 복제되고 재생산된다. 이 '도서관'은 상상의 산물이지만 도서관의 속성을 잘 보여준다. 도서관에서 인류의 기억과 지식들은 이종교배를 하며 다른 책들을 낳는다. 책은 책을 낳고, 그 책은 또다른 책을 낳는다. 끝도 없이 이어져 있는 도서관 내부에서 책들은 상호 영향을 주고받으며 새로운 책들을 낳고 계보를 만든다. 그리하여 세상의 모든 도서관들은 생육하고 번성하여 거대한 책의 우주를 이룬다.

내 젊은 날의 추억이 깃든 곳은 서울 종로구 화동의 경기고등학교가 이전하면서 그 터에 세워진 정독도서관이다. 이 도서관은 서초동의 국립중앙도서관, 국회도서관과 더불어 나라 안에서 세 번째로 큰 도서관이다. 그 시절 정독도서관은 아침 일찍 나가서 줄을 서서 기다렸다가 입장할 수 있을 정도로 많은 사람들이 몰렸다. 40여 년 뒤 나는 작가로 그 시립도서관의 강연 초청을 받았다. 2015년 초 『글쓰기는 스타일이다』라는 책을 펴낸 뒤 한 온라인서점과 출판사의 초청으로 이루어진 강연이다. 정독도서관측이 마련한 강연장에는 예상 인원보다 훨씬 많은 사람들이 모여 북적였다. 강연에 대한 반응은 뜨거웠고, 강연이 끝나자 청중의 질문도 잇달았다. 내게는 여러모로 가슴이 벅찬 의미심장한 경험이었다.

젊은 날 나는 왜 그토록 책에 미쳤을까? 돌이켜보면 나는 낭인으로 시립도서관 주변을 떠돌던 때나 전업작가로 삶을 꾸리는 지금이나 나는 여전히 책에 빠져 산다. 책이 없는 삶이란 상상조차 할 수 없는 일이다. 한 위대한 지성은 책에 대해 이렇게 말한다. "그것은 전선도 필요 없고, 배터리도 필요 없고, 스위치나 버튼도 전혀 필요 없으며, 간단하고 휴대 가능하며, 벽난로 앞에 앉아서도 사용할 수 있다." 어디 그뿐인가? "각각의 종이 하나는 수천 비트의 정보를 담고 있다. 그 종이들은 제본이라 일컬어지는 우아한 보호 장치에 의해 정확한 순서로 한데 묶여 있다."(움베르토 에코, 『책으로 천년을 사는 방법』) 책은 수저나 포크와 마찬가지로 제 기능을 완벽하게 수행하는 물건이다. 그 책들 덕분에 내 무른 영혼은 단단해졌다. 그리고 교도소나 들락거리는 한심한 인간으로 전락하지 않고, 근사한 책들을 써내고 저작권료로 쌀과 부식을 사고 의료보험이나 공과금을 내며 살 수 있는 존재로 거듭날 수 있었다.

책을 좋아한다고 다 훌륭한 인격자가 되는 것은 아니다. 못 말리는 독서광 중에 독재자도, 전쟁광도, 선량한 이들의 호주머니를 노리는 사기꾼이나 잡범도 있다. 그러나 훌륭한 사람들은 대개는 한때 뛰어난 독서광이었다. 20세기 최고의 소설가 중 하나로 꼽히고, 아르헨티나 국립도서관장을 지낸 보르헤스는 "나는 늘 낙원을 정원이 아니라 도서관으로 생각했어요"라고 고백한다. 그는 평생 독서광으로 살았는데, 말년에 눈이 멀었을 때조차 책 읽어주는 사람을 고용해 독서를 이어갔다. 그는 도서관을 낙원이자 젖을 먹여주는 어머니라고 상상했다. 독학으로 시학자가 된 뒤『몽상의 시학』『공간의 시학』따위를 쓰고 소르본 대학의 교수로 활동한 가스통 바슐라르 역시 독서광이었다. 그 역시 보르헤스와 마찬가지로 도서관을 천국으로 상상한다. 그는 일용할 양식을 구하듯이 하늘의 도서관에서 읽을 책들을 한 바구니씩 내려달라고 기도한다. 그에게 책은 날마다 먹어야 할 일용할 양식이었다. 영국의 비평가 콜린 윌슨은 17세에 정규 학력을 끝냈다. 대학 문턱에도 가보지 못한 그는 도서관에서 엄청난 책들을 섭렵하며 독학자로서의 이력을 쌓았다. 그는 반년은 노동을 하고, 나머지 반년은 국립도서관에서 책을 읽고 글을 썼다. 마침내『아웃사이더』란 매혹적인 책을 써내 세계적인 작가가 되었는데, 그에게 도서관은 최고의 대학이고, 도서관의 장서들 한 권 한 권은 훌륭한 가르침을 베푸는 교수들이었다.

도서관의 서가를 가득 채운 책들을 바라볼 때 내 눈동자는 갈망으로 타오른다. 세상의 도서관들은 마치 "수고하고 무거운 짐 진 자들아, 다 내게로 오라. 내가 너희를 쉬게 하리라"(마태복음 11장)라고 말하는 듯하다. 도서관들이 베푼 책을 읽을 수 있는 지복들, 그 평화와 안식들을 떠올리면 이것은 얼마나 지당한가. 나는 도서관들이 베푸는 은덕을 입었다. 그 시절 시립도서관을 향하던 내 발걸음은 얼마나 가볍고, 또 심장 박동은 설렘으로 얼마나 빨리 뛰었던가! 나는 스무 해 전부터 제주도에 작은 여행자 도서관을 만들 계획을 세우고 있다. 젊은 시절 시립도서관이 내게 기쁨과 보람을 주었듯이, 책을 사랑하는 미지의 여행자들에게 그것들을 고스란히 돌려주고 싶다.

걷기에
대하여
1

———

"걷기는 무엇보다도 감각의 예술이다.
순간을 자유롭게 쓸 수 있다는 가능성은
감각을 더욱 생생하게, 기억에 남게 만들어준다.
길을 걷는 사람은 남자든 여자든 살아 있음을 열정적으로 느끼고
인간의 조건이 무엇보다도 신체 조건임을,
세상의 기쁨이 육신의 기쁨이고
스스로 움직일 수 있고 구태의연한 습관에서 벗어날 수 있는
가능성에서 얻는 기쁨임을 절대 잊지 못한다."

다비드 르 브르통
(David Le Breton, 1953〜)

인류에겐 독수리나 비둘기가 가진 날개가 없다. 아직 자전거와 자동차도 없었던 시절 인류는 신체 이동의 주요 수단으로 다리를 썼다. 두 다리를 써서 이곳에서 저곳으로 나아가는 행위는 인류의 가장 오래되고 단순한 이동수단이다. 또한 직립보행은 영장류의 숙명인데 인류가 속도와 효율성을 섬기면서 더 빠른 이동 도구인 자동차, 기차, 비행기에 의존하는 일이 더 많아졌다. 우리는 걷기의 즐거움을 잃어버리고 말았다.

기계와 동력에 의존해 이동하는 데 길들여진 오늘날에도 제 신체 기능만을 써서 움직이는 것의 가치는 줄지 않는다. 자동차로 이동할 때 풍경은 내 안으로 스미지 못하고 그저 미끄러져 사라진다. 오직 천천히 걸을 때만 풍경은 흥미로운 한 권의 책처럼 펼쳐진다. 풍경이라는 책을 탐독하는 것은 걷는 자의 권리다. 풍경은 시간대에 따라 시시각각으로 빛의 양에 따라 모양이 달라진다. 햇빛, 바람, 석양, 땅거미, 어둠이 걷는 자를 감싸고 동행하는데, 이때 시간은 멈추거나 유예된다. 시간은 걷고 있는 지금 이 찰나에 멈춰져서 움직이지 않는다.

나는 자동차로 이동하는 것보다 두 다리를 써서 걷는 걸 좋아한다. 걷기는 대개 길에서 이루어지고, 길은 사람이 걸어간 흔적

이다. 사람이 사는 곳이라면 어디에나 길은 뻗어 있다. 누구보다
도 걷기를 좋아하는 다비드 르 브르통이라는 철학자는 길을 "인
간들의 무심한 통행에 휩싸인 식물계 혹은 광물계 한가운데 땅의
흉터"이고, "무수한 발자국들로 다져진 토양은 인류의 흔적이다"
라는 인상적인 말을 남겼다. 옛 도로들과 산속에 이어지는 숲길들
은 앞으로 향하여 나아가고. 평지에서는 길과 길이 끝없이 이어지
면서 뻗어나간다. 간혹 길들은 막다른 곳이나 절벽을 만나면서 끊
어진다. 사실을 말하자면 길들은 길들과 이어지는 까닭에, 세계의
끝이란 존재하지 않는다. 길이 우리를 세계의 끝으로 데려가는 일
은 좀처럼 생기지 않는다.

걷기의 즐거움은 풍부한 감각적 경험을 낳는다는 데서 비롯한
다. 나는 풍경을 보고, 냄새 맡고, 맛보고, 만지며 걷는다. 걷기는
저 바깥에서 내 안으로 전달되는 소리와 냄새와 시각적 자극들을
바탕으로 한 사유와 상상력의 촉매제다. 걷기에 몰입하는 사람
은 시공간을 향해 자신의 존재를 열어젖힌 채 세상의 풍경들을
제 안으로 받아들인다. 걷기는 이것들을 모아 스스로를 빚는 성분
으로 삼는 것이다. 또한 걷기는 관능적 기쁨을 되살리고, 건강에
보탬이 될 뿐만 아니라 나를 오롯이 나 자신에게로 되돌리는 수단
이다.

올여름 폭염 속에서도 나는 꿋꿋하게 걸었다. 나는 연남동 경의선 숲길을 걷고, 시드니의 달링 하버를 걷고, 통영의 동피랑길을 걸었다. 어디에 있든지 나는 걷는다. 머리 위에서 태양이 화염을 쏟아부을 때 이마와 등줄기에는 연신 땀이 솟아나 흘러내렸다. 두 다리를 번갈아가며 앞으로 내밀어 쇄빙선같이 전진할 때 눈은 사람들과 간판들, 햇빛과 가로수 아래 그늘들을 훑는다. 문득 걸음을 멈추고 가늘게 눈을 뜨고 강렬한 여름 햇빛 속에 바랜 사람들과 거리 풍경을 바라본다. 사람과 거리는 희디흰 햇빛 속에 감싸인 채 불타는 듯하다. 걷는 동안 세계와 자아 사이에 끊임없는 대화가 이루어진다.

걷기는 몸을 쓰는 일인데, 걸으면 잠든 몸이 깨어난다. 걷는 자들은 자기도 모르는 사이에 몸의 자기 회복력을 경험하는 것이다. 걷기는 자유, 기분 전환, 생체리듬의 회복에 기여한다. 그래서 나는 걷기를 존재의 광합성 운동이라고 말한다. 이것의 효과는 엉뚱한 데서 나타난다. 피에르 쌍소는 "지혜의 형태와는 사뭇 다른 몽롱한 상태, 체념, 내면의 세계에 틀어박히는 일에서 벗어나게 해준다"라고 말한다. 산책자라는 정체성 안에서 자기 삶을 빚는 모두에게 축복이 있을진저!

내가 걷기 예찬론자가 된 것은 걷기가 경미한 우울증을 휘발시키고 텅 빈 마음을 기쁨으로 채운다는 걸 깨달았기 때문이다. 우리가 두 다리를 써서 걸을 때 자주 내면의 고독과 만나고, 뇌에서는 사유의 흐름들이 이어진다. 걸을 때마다 글쓰기에 필요한 사유의 싹들이 돋아난다. 걷기, 이것은 가장 돈을 적게 들이고 얻는 소박한 행복, 세계라는 둥글게 무르익은 과일을 깨물어 맛보는 것! 몸이 나른해지면 무조건 나가서 걸어라. 이마에 땀이 날 때까지 걸어라. 그러면 타성에서 벗어나 세계를 새롭게 맛보게 되리라.

걷기에
대하여
2

_____

"떠남이란 바로 세상에 대한 포기, 즉 홀로 떠나감을 말한다.
이는 세상을 빠져나가게 해주고, 이 세상의 한계를 없애주면서,
세상을 고갈되지 않는 무한의 상태로 만들고,
세상이 그 자신에게서 떨어져나오도록 하고는,
이를 '한없이 음미할 수 있는 곳'으로 만들어준다.
가까움 안에서 먼 곳이 생길 수 있도록 하는 이러한 방법 속에,
세상을 저 너머의 아우라를 통해 드러나도록 하는,
하지만 이원론에 대한 믿음을 바탕으로 한 저 너머 세계는
만들지 않으면서 이 세상을 드러나게 하는 이러한 방법 속에는,
바로 아주 세심하게 이루어진 결합이 들어 있는 것이다."

프랑수아 줄리앙
(Francois Julien, 1951~)

가을로 들어서며 나는 양화대교에서 망원동 유수지까지 일삼아 걷는데, 하늘은 광활하고 한강은 넘실대며 흐른다. 가끔 젊은 날 산 적 있는 성북동을 걷거나, 연남동 경의선 숲길이나 갈대 우거진 한강변을 걷고, 유년기를 보낸 서촌 일대나 인왕산 허리를 감싸고 이어지는 한양도성 성곽길을 걷는다. 서울을 걷는 것은 추억의 장소들에 대한 순례요, 내 삶의 기억들을 되새기는 시간 여행이다.

걷기란 하나의 자연스러운 취향인데, 나는 다비드 르 브르통의 "걷기는 무엇보다도 세상의 자명한 이치요, 자연스럽고도 투명한 행위로서 일상적인 움직임의 맥락에 포함된다"라는 말에 공감한다. 직립보행이 세상의 자명한 이치 중 하나라고 믿는 까닭에서다. 나는 산책자로 사는 것을 일상의 보람으로 삼고 기꺼워한다. 산책은 도시의 숨은 속살을 만져보는 찰나요, 도시라는 극장에 관객으로 입장해 그것을 관람하는 일이며, 권태의 시간을 활력이 넘치는 창조의 시간으로 바꾸는 기적이다.

모든 길들에는 저마다 다른 영혼이 깃들지만 다만 대로에는 영혼이 없다. 작고 좁은 길, 낮은 건물들 사이로 가까스로 뻗은 길, 구불구불한 골목길들에만 영혼이 있다. 서울에 처음 왔을 때 미로같이 끝없이 이어지는 골목길에 큰 충격을 받았다. 내가 어린 시절을 보낸 서울 서촌 길들은 구불구불 이어지는 산책자의 길이었다. 서촌은 이상과 박태원이 나고 자란 곳이다. 이상이 백부 유산으로 차린 '제비다방'이 있고, 가난한 부모와 동생들이 살던 생가도 서촌 통의동 언저리에 있었다. 박태원이 자기를 모델로 한 산책자 구보씨가 방황하며 걸었던 길들도 대개는 서촌의 길들이다.

걷기란 두 다리를 도구로 쓰는 전진 행위다. 두 다리는 인류의 유구한 이동 수단이다. 우리가 걸을 때 팔과 다리, 대퇴부와 무릎 관절, 다리와 발 근육들의 협업이 필요하다. 걷기는 직립인간만의 특권이지만 그것이 대단한 것들을 가져다주지는 않는다. 나는 혼자 걷기를 좋아한다. 걷기에 몰입하면서 우리는 소소하고 은밀한 기쁨을 누리는 것이다. 거리마다 고유한 영혼과 교접하는 기분을 맛보고, 계절의 맛을 온전히 느끼려고 자주 산책자로 나선다. 한강 중류의 완만한 흐름을 옆에 끼고 강변을 걸을 때 나는 지금 이 찰나의 주인이라는 사실과 더불어 존재의 충만감을 만끽한다.

셈해보니, 서울에서 마흔 해 넘게 살아왔다. 열 살 때 사대문 안쪽인 인왕산 산마루의 루핑 지붕을 올린 어설픈 집에 안착한 이래 두어 번 서울 밖으로 거처를 옮겼다가 다시 돌아와 산 햇수를 더하면 마흔 해가 훌쩍 넘는다. 서울은 인왕산과 북악산을 양날

개 삼고, 남산과 북한산을 거느리고 그 안에 들어앉은 도시다. 나는 서촌 일대에서 초등학교, 중학교, 고등학교를 다니고, 이십대의 파란만장을 겪어냈다. 오래 살다보니 이 도시의 오래된 영혼이 느껴진다. 몸 부대끼며 사는 동안 좋은 일과 나쁜 일을 두루 겪었다. 서촌의 여러 동네들, 청운동, 효자동을 비롯해 명륜동, 혜화동, 성북동은 내 삶의 갸륵함이 쌓인 유적지가 되었다.

추분 뒤 서울은 일삼아 여기저기를 걷기에 좋다. 경복궁, 덕수궁, 창경궁, 비원과 종묘, 그리고 삼청공원, 용산공원, 효창공원, 동숭동 마로니에 공원 등지에 느티나무, 이팝나무, 층층나무, 회화나무, 비술나무, 아까시나무, 때죽나무, 산딸나무, 줄참나무, 팥배나무 같은 낙엽교목들, 은행나무나 플라타너스나 양버즘나무 같은 가로수들이 울긋불긋 단풍 들 때 그 나뭇잎들은 걷기에로 이끄는 초대장 같다. 삼청동을 중심으로 이어지는 팔판동, 안국동, 소격동, 화동, 사간동들 산책하는 것을 좋아한다. 스무 살 무렵 뻔질나게 다니던 정독도서관에서 안국동 풍문여고로 빠져나오는 골목은 여전히 정겹다. 하나 난개발이 이루어지면서 서울의 그 많던 구불구불한 길들이 하나둘씩 사라져가는 것은 애통하다.

나는 북악산의 직선적인 산세 아래 자리한 경복궁 안 걷기를 좋아한다. 중학교 때 미술반에 들어가 그림을 그렸는데, 경복궁은 스케치하러 다녔다. 봄날 경복궁에서 전국 규모의 학생 사생대회가 열렸다. 그런 탓에 경복궁 안 경회루나 근정문, 동문과 서문 등의 지리는 아주 익숙하다. 국립고궁박물관 입구가 들어선 동문 쪽의 꽃개오동나무나 영추문 쪽의 화살나무들은 저녁 무렵 서산에 걸린 진홍 노을빛으로 타오른다. 이 나무들은 고즈넉한 자세로 가을빛의 밀도와 파장을 받아낸다. 가을의 영화榮華가 덧없이 안착한 서울 안을 걷는 것은 시청각적인 것들의 향연이다. 거리에 차 있는 빛들과 소리들, 냄새들이 시각과 청가괴 후긱에 비벼지면서 기분을 북돋우고 관능적 기쁨을 만들어 돌려주는 것이다.

책 읽기 좋을 때란 딱히 정해진 바가 없다. 날이 서늘하든 따뜻하든, 가을이든 겨울이든, 좋은 책만 있다면 언제라도 책 읽기에 좋은 때다. 반면 걷기는 분명 맞춤한 때가 있다. 걸으려면 먼저 시간과 장소를 정해야 한다. 장대비가 쏟아지거나 폭풍이 올 때는 분명 좋지 않다. 날이 맑고 선선한 바람이 불 때나 벚꽃들이 하르르 지는 봄밤이나 은하수가 흐르는 가을밤이 걷기에 좋다. 내가 본 것을 당신도 보고, 당신이 들은 것을 나도 듣는다. 우리는 풍경이 베푸는 지복들, 빛과 어둠, 비와 바람, 나무들의 아름다움과 위엄, 공기중의 방향들, 오만 가지의 크고 작은 소리들, 계절의 순환이 일으키는 멜랑콜리한 감정들을 함께 나누며 걷기라는 행위의 공모자가 되는 것이다.

산책자는 날숨과 들숨을 조절하고, 심장 박동과 피의 흐름을 가만히 살피면서 걷는다. 눈은 정면을 응시하는데, 햇빛 아래 비밀 없이 제 모든 것을 노출하는 풍경은 산책자에게로 다가왔다가 어깨 너머로 멀어진다. 산책자는 가을의 양광을 받고, 금빛 바람을 맞으며 도시의 풍경 속을 뚫고 나아간다. 산책자는 저를 떠나서 저 먼 곳을 헤매다가 다시 하나의 자아, 하나의 인격으로 돌아간다. 빛의 은총을 받은 풍경들을 눈으로 들이마실 때, 아 살아 있구나, 하는 실감은 생생해진다. 그렇게 기분 전환을 하면서 관능적 열락에 빠져들 때 내면의 근심과 걱정들은 그 부피가 작아지고 이윽고 사라진다. 나는 어제도 걷고, 오늘도 걷고, 아마 내일도 걸을 것이다. 걸어라, 풍경 속을 뚫고 나아가는 그 걸음들이 근심과 걱정을 사라지게 하리니!

5부

기억한다

봄날의 행복이
짧았던 까닭에 대하여

"봄이면 티파사는 신들의 거주지가 된다.
신들은 태양 속에서, 그리고 압생트의 향기 속에서.
은빛 철갑을 두른 바다.
날것 그대로의 푸른 하늘, 꽃으로 뒤덮인 폐허와.
돌더미 속에서 굵은 거품을 일으키며 들끓는 빛 속에서 말을 한다.
어떤 시간에는 들판이 태양으로 컴컴해진다.
두 눈은 헛되이 무엇인가를 붙잡으려 애쓰지만.
보이는 것은 속눈썹 언저리에서 떨고 있는
빛과 색채의 작은 반점들뿐.
엄청난 열기 속에서 향기로운 식물들의 덩이진 냄새가
목구멍을 긁고 숨을 틀어막는다."

알베르 카뮈
(Albert Camus, 1913~1960)

안성의 시골집 뜨락에 모란 작약이 피고, 팔뚝에 떨어지는 햇빛이 촛농보다 더 뜨겁다. 저수지 푸른 물은 늠실늠실하고, 뽕나무의 뽕잎들은 기름 바른 듯 윤기가 반드르르 돈다. 종일 먼산의 뻐꾸기 울음소리는 한가롭다. 매운 추위에 눌린 온갖 꽃나무의 꽃망울들이 만개할 때 이규보의 『춘망부』를 읽으며 봄 정취를 맘껏 누리려던 게 엊그젠데, 따가운 햇볕이 온누리에 뿌려지고 있다. 양陽의 기운이 천지간에 난만爛漫할 때 나는 한가롭다. 시골에 와서 비로소 서울에 바쁘게 살 때보다 너그러운 사람이 되었는데, 이는 누더기옷을 입어보아야 가죽옷의 아름다움을 알고, 바쁘게 지낸 다음에야 비로소 한가로움의 감미로움을 아는 존재이기 때문인가.

더딘 걸음으로 왔던 봄이 모란 작약 꽃들이 지는 것을 끝으로 서둘러 돌아간다. 한 시인은 모란꽃 뚝뚝 지면 봄을 여읜 설움에 잠기리라 했는데, 지금은 봄을 전별하기 좋은 때다. "오월 어느 날, 그 하루 무덥던 날, / 떨어져 누운 꽃잎마저 시들어버리고는 / 천지에 모란은 자취도 없어지고 / 뻗쳐 오르던 내 보람 서운케 무너졌느니, / 모란이 지고 말면 그뿐, 내 한 해는 다 가고 말아, / 삼백 예순 날 하냥 섭섭해 우옵내다."(김영랑, 「모란이 피기까지는」) 남도 시인은 모란 작약 진 뒤 삶의 보람을 잃어 한 해가 하냥 섭섭하다 했지만, 전원에 묻혀 사는 이의 소박한 보람과 가느다란 기쁨마저 아주 없는 것은 아니다.

청산은 봄비 몇 차례 뒤 더 푸르러지고, 텃밭 채소들은 파릇하게 올라와 하루가 다르게 무럭무럭 자란다. 어제는 서운산을 다녀오고, 오늘은 미리내 성지를 돌아보고 왔다. 오후 느지막이 자잘한 근심을 덜고 한가롭게 책을 읽었다. 눈이 시리도록 어여쁜 신록의 자연 속에서 하루를 보내고 나니 어리석음 많은 자의 메마른 가슴은 벅차고 마음에는 없던 기쁨과 보람이 차오른다. 독일 철학자 니체는 "우리 영혼이 일순간 마치 현처럼 생의 기쁨에 진동하고 공명하는 유일한 사건이 일어나기 위해 모든 영원이 필요했다"라고 썼다. 영원이라는 잣대로 재보면 겨우 찰나를 사는 인간의 사소한 기쁨들은 아직 겪어보지 못한 저 미지의 영원 때문인지도 모른다.

사실을 말하자면, 이 화창한 봄날 나는 마냥 화창하지 못했다. 연일 터지는 사건들로 심기가 불편했다. 한 유명인이 제 개인전에 내걸 그림을 무명화가에게 맡겼다가 들통나자 '관행'이라고 우긴다. 동거인을 죽여 안산 시화호 일대에 유기한 조모씨라는 살인범의 얼굴은 의외로 멀쩡해서 놀랐다. 이 멀끔한 서른 살 난 청년이 저를 무시한다는 이유로 동거인을 살해하고 사체를 토막 내서 갖다버린 끔찍한 사건의 당사자다. 강남역 인근 건물 화장실에서 한 여성이 생면부지의 남자가 휘두른 흉기에 찔려 사망했다. 남자가 여성 일반에 앙심을 품고 저지른 '묻지 마 살인사건'이다. 가해자와 같은 시각 같은 장소에 있었다는 우연만으로 피해 여성은 소중한 목숨을 잃었다.

한 철학자가 말했듯이, 인간은 인간에게 늑대인가. 절박한 생존 경쟁에 내몰릴 때 인간은 제 안에 악마성을 날것으로 드러낸다. 도덕과 윤리라는 껍질을 벗은 벌거벗은 인간은 야수에 지나지 않을지도 모른다. 벌거벗은 인간은 남들을 희생시켜가며 제 어리석은 욕구를 채우고, 남들의 노동을 대가 없이 착취한다. 또한 힘없는 타자를 성적으로 유린하거나, 남들이 애써 모은 재화를 부당한 방식으로 빼앗아 제 부를 쌓는다. 그들은 뻔뻔한 악행을 저지르고도 도무지 제 행위의 부끄러움을 모른다. 어쩌다가 세상이 이토록 각박하고 살벌해졌는가?

누군들 편안하게 잘 먹고 잘 살고 싶지 않으랴만 절제 없는 탐욕과 넘치는 이기주의는 필경 자신을 타락과 나락으로 구르게 하니, 나날의 말과 행동을 돌아보라고, 동양의 한 현자는 말한다. 누가 없음으로 머리를 삼고, 삶으로 척추를 삼고, 죽음으로 꽁무니를 삼을 수 있을까? 누가 죽음과 삶, 있음과 없음이 모두 한몸이라는 것을 알 수 있을까? '하면 된다'고 성취지향 일변도로 살지 말고, '해도 되는 것과 안 되는 것'에 대한 분별심을 갖자. 세상 안에 살지만 세상 밖에서 노니는 듯 느리고 소박하게, 조금 더 단순하게, 조금 더 작게 살자!

여름의
기쁨들에
대하여

―――――――

"빛들은 죽어서, 부재^{不在}로부터 부재로 건너가는데,
그 건너가는 여정 속에서만 빛들의 삶은 빛난다."

김훈
(1948~)

해가 머리 위에서 이글이글 타오른다. 자동차 보닛은 센 불에 달군 프라이팬인 듯 뜨거워 무심코 손을 댔다가 깜짝 놀란다. 사람들은 물고기처럼 입을 벙긋거리며 '더워, 더워, 정말 덥군' 하며 비명을 내지른다. 대지는 지열을 뿜고, 초목들은 끓는 물에 데친 듯 축축 늘어진다. 폭염 속에서 일하던 이들이 일사병으로 쓰러져 병원에 실려갔다는 소식이 간간이 들려올 무렵 사람들은 여름나기의 고달픔에 탄식을 토한다.

한낮에 작열하던 해가 져도 지열로 인해 공기는 후텁지근하고, 사람들의 밤에 극성을 부리는 물것과 열대야에 시달린다. 털을 뒤집어쓴 개들이 그늘에서 혀를 내민 채 헐떡이고, 사람들이 무더위로 지쳐갈 때 그나마 위안은 천지가 수목들이 뿜는 향기로 가득 채워진다는 점이다. 여름 땡볕은 자연이 주는 무상의 자양분이다. 이 자양분을 쪽쪽 빨아들이며 푸른 벼들이 쑥쑥 자라고, 장호원 과수원들의 복숭아들이 익으며, 안성 포도원의 포도들에 단맛이 깊이 배어든다.

이즈막 남녘 배롱나무들이 꽃을 피운다. 목백일홍, 자미나무, 배롱나무 따위 여러 이름으로 불리는 이 나무의 가지마다 붉은 꽃들이 피었다 지기를 반복한다. 여름 꽃은 드문데, 배롱나무 꽃은 그래서 더욱 돋보인다. 플라타너스 잎은 무성하고 매미들은 한낮 내내 기세 좋게 울어댄다. 한가로운 여름날, 나는 냉방이 된 단골 카페에서 더위를 식히며 시집이나 철학책을 읽으며 한나절을 보내거나, 헤이리의 음악감상실 '카메라타'를 찾아가서 빈둥거리며 고전음악을 듣다 돌아온다.

콩국수나 냉면, 찐 옥수수를 먹는 것은 여름에 누리는 조촐한 기쁨이다. 크고 둥근 수박을 쩍 갈라 식구들이 한 조각씩 나눠 먹는 것도 여름의 보람 중 하나다. 파블로 네루다는 수박을 예찬하며, 이것을 물의 보석상자, 과일가게의 냉정한 여왕, 여름의 초록 고래라고 썼다. 이 초록고래들이 집집마다 배달된다. 집집마다 붉은 과육이 꽉 찬 이것을 몇 통씩 깨 먹으며 무더위를 이기는 것이다. 누가 내게 여름이 행복한가, 라고 묻는다면, 나는 기꺼이 흰모래와 푸른 바다를 떠올리며, 그렇다, 라고 대답한다.

무더위가 막바지로 치달을 때 소나기가 내린다. 소나기들은 항상 우산 없이 나온 날 기습하듯이 쏟아지는데, 이때 빗방울은 후두두 풋살구 떨어지듯 머리를 두드린다! 격렬한 빛과 권태로 늘어져 있던 거리는 아연 긴장을 하고 재바르게 움직이는 사람들로 소란스럽다. 비와 맞닥뜨릴 때 우리는 건물 처마 아래로 뛰어든다. 비는 그치지 않는다. 거리는 비에 젖은 채 돌연 생기를 되찾는다. 아스팔트에는 없던 물길이 생기고, 연인들은 카페나 극장으로 몰려간다. 비가 소풍과 데이트와 각종 행사들을 망친다는 건 헛소문이 아니다. 비는 심술을 부리면서도 연인들의 키스를 부추기고, 술꾼들의 우정을 두텁게 하며 달콤한 술맛을 선사한다.

무더위와 권태에 지친 이들이 휴가를 얻어 여행을 떠나려고 공항과 역들로 몰린다. 출발 수속을 밟는 이들의 얼굴은 기쁨으로 빛난다. 여행에서 돌아올 때는 그 표정이 어두워질 것이다. 여행지에서 겪은 장사꾼들의 불친절과 폭리에 진절머리를 치고 뜻밖의 소지품 분실, 어긋난 일정 따위로 가외 비용이 지출되고, 여행의 피로가 쌓이기 때문이다. 여름의 도심은 텅 빈 채 한가롭다. 그러나 무더위 속에서도 수험생들은 학교 도서관에서 책에 고개를 파묻은 채 공부에 몰두하고, 하안거夏安居에 든 스님들은 토굴 속에서 화두를 안고 용맹 정진한다. 누군가는 여름이 권태롭고, 누군가는 여름이 바쁘다. 그러나 여름은 얼마나 빠르게 지나가는지!

계획들이 어그러져 올여름 여행을 떠나지 못했다. 공중에서 화염을 뿜어내던 태양의 기세가 누그러지고, 달 높이 뜬 밤 수풀 더미에서 숨어 우는 풀벌레 소리가 쓸쓸하다. 가을이 오는 기척인 듯 바람이 소슬한데, 누군가 무심히 켜놓은 라디오에서 빌리 조엘의 노래가 흘러나온다. 우리에게 노래 한 곡 불러주게. 당신은 피아노 맨. 우리를 노래에 취하게 해줘. 당신은 피아노 맨. 애수와 생기가 함께 녹아 있는 빌리 조엘의 노래를 들을 때 나는 달콤쌉쌀한 멜랑콜리와 의욕이 피의 분출처럼 솟구친다.

아, 어제까지 여름이었는데, 오늘 돌연 여름이 끝나는군! 열사병과 오존주의보를 경고하며, 노약자들은 한낮의 직사광선을 피하세요, 라고 주의를 주던 여름은 막을 내렸다. 하얗게 퍼붓던 여름의 일사광선들이여, 사라진 짧았던 여름의 그 싱싱한 빛들이여!

어머니에
대하여

시골로 오신 노모는 자주 적적하다고 푸념을 털어놓으셨다. 아버지를 먼저 보낸 뒤 고적했지만 오랜 벗들이 많은 서울에서 그럭저럭 잘 지냈는데, 막막한 시골로 불러내렸으니 은근히 나를 원망하는 눈치였다. 마당 아래 흙속엔 두더지들이 굴을 파며 돌아다니고, 텃밭엔 고라니들이 경중경중 뛰어다니는 시골에 와서 노모가 할 일이란 딱히 없었다. 노모는 내내 심심해하다가 마을 경로당에서 새 벗들을 사귀고, 닷새마다 오는 장날에 나가 시골 할머니들이 장마당에 갖고 나온 서리태나 좁쌀 따위를 흥정하는 데 재미를 붙였다. 노모는 시골 사는 것에 즐거움을 찾은 뒤 소매를 걷고 텃밭을 일구셨다. 봄에 여러 채소 모종을 사다 심은 뒤 조석으로 물을 주고 들여다보고, 옥수수와 호박이 줄기를 뻗고 자라나는 것을 보며 몹시 즐거워하셨다.

농사일을 배운 적도 없는데, 노모는 소규모 텃밭 농사를 능숙하게 감당해냈다. 씨앗을 뿌리고 그것을 가꾸는 농사에 재미를 붙이자 농경민족의 딸답게 열심을 내셨다. 마치 영농후계자인 듯 열심을 내어 쉼 없이 풀을 뽑고 땅을 일궈 들깨를 키우고 콩을 심어 우리 식구가 먹을 만큼 수확을 했다. 집과 저수지 사이 일대는 논과 밭인데, 노모는 벼들이 누렇게 익은 모습을 굽어보며 가을엔 먹지 않아도 배부르다고 했다. 찬바람 불고 대추나무에 다닥다닥 달린 대추들이 붉게 물들 즈음 텃밭의 배추를 거둬들이고 서울 사는 여동생들을 불러내려 함께 김장을 하고 그것을 나누셨다. 동지에는 팥죽을 좋아하는 늙은 아들을 위해 팥을 구해다가 팥죽을 쑤고, 늦가을엔 잘 익은 청둥호박들을 거둬들여 거실에 쌓아놓았다. 거실에 벽돌처럼 차곡차곡 쌓아놓은 청둥호박들이 딱히 살림에 보탬이 되는 건 아니었지만 그건 노모 인생의 뿌듯함이자 기쁨이었다. 청둥호박들을 바라보는 노모의 가슴에는 자부심이 가득했고, 그런 노모를 지켜보면서 나 역시 즐거웠다.

시골에 내려왔을 때 생계 수단이 막막해서 농사나 지어볼까 했다. 이런저런 궁리를 하다가 지인의 귀띔으로 텃밭에 나무시장에서 사온 노각나무와 용솔 묘목 수천 그루를 심었다. 몇 해 뒤에 팔수 있다고 했다. 그해를 다 넘기기 전 묘목은 빨갛게 말라 죽었다. 사람 키를 넘길 정도로 자라난 잡초가 햇빛을 차단해 묘목들이 말라 죽은 것이다. 기백만 원이나 되는 거금을 헛되이 날려먹고 나는 낙담이 컸다. 송충이가 솔잎을 먹어야지 몸에 좋다고 해도 송로버섯을 먹고 살 수는 없는 노릇이다. 농사란 아무나 지을 수 있는 게 아니란 깨달음을 뼛속 깊이 새긴 뒤로 나는 농사짓는다는 걸 생각지도 않았다.

노모는 늙어서 쇠잔해진 몸으로 땅을 일구고 땅에서 수확을 거

됐다. 나는 새삼스레 농사를 짓는 노모를 진심으로 존경했다. 농사짓는 동안 몸은 고단했지만 잠은 달았다. 노모가 농사일에서 두각을 나타내고 보람과 기쁨을 누리는 동안 우리 관계는 평화스러웠다. 노모는 농사에 열심이고, 늙은 아들은 날마다 산책을 하고 책이나 읽고 글줄이나 썼다. 노모는 대장암에 걸려 큰 수술을 두 번이나 받은 뒤 요양병원에 입원해서 말년을 보내다가 돌아가셨다. 노모의 죽음은 카뮈의 소설 『이방인』의 서두 부분을 떠올리게 한다. "오늘 엄마가 죽었다. 어쩜 어제였는지도 모르겠다. 양로원으로부터 전보를 한 통 받았다. '모친 사망, 명일 장례, 삼가 조의를 표함.' 이것은 별 의미가 없다. 어제였을지도 모른다." 노모가 죽고 난 뒤 주인을 잃은 텃밭엔 잡초들만 우거졌다. 그 묵정밭을 바라보는 내 마음은 쓸쓸했다. 노모가 더이상 이 세상에 없다는 것, 가을마다 청둥호박들을 수확하는 일도 동지 팥죽을 얻어먹는 일도 없다는 것을 쓸쓸하게 실감한다.

올해도 가을이 오고 집 아래 논에서 벼는 황금빛 물결을 이루고, 뜰 안 대추나무 가지에 달린 대추는 붉게 물들었다. 노모가 돌아가신 지 2년이 훌쩍 지났다. 텃밭은 묵정밭으로 변해 잡풀만 우거져 황폐하고, 노모의 손길이 닿지 않는 시골집은 여기저기 거미줄이 얼기설기 어지럽고 쇠락의 기운이 짙다. 늦가을마다 노모가 거둬들인 누런 청둥호박들을 거실 한쪽에 쌓아놓고 안복安福을 누

렸는데, 그것도 다 옛일이 되었다. 노모가 가신 뒤 모자지간 인연
도 끝났으니 좋은 시절은 다 지나갔다. 돌아오는 주말엔 국화 몇
송이라도 들고 노모를 모신 납골당에 다녀와야겠다.

멸종에
대하여

"아마 우리가 겪는 문제,
인간이 겪는 문제의 뿌리는 이것일 것이다.
우리가 죽음이라는 피할 수 없는 현실을 부정하기 위해
인생의 모든 아름다움을 희생하고 우리 자신을
토템, 십자가, 피의 제물, 첨탑, 모스크, 종족, 군대,
국가에 가둘 것이라는 사실 말이다."

제임스 볼드윈
(James Arthur Baldwin, 1924~1987)

지구는 우주 안에서 작은 별에 지나지 않는다. 누군가는 지구를 "침묵의 창공 속을 얼어붙은 채 회전하고 있는 둥근 공"(시몬 드 보부아르, 『모든 사람은 혼자다』)이라고 상상한다. 사실을 말하자면 지구는 "핵은 액체 철로 이뤄져 있으며 놀랍도록 얇은 껍질에 대기와 대양, 산맥과 심해의 해구, 미생물과 인간이 모두 담겨 있는 자그만 돌덩어리"다.(칼 세이건, 『지구의 속삭임』) 우주에는 1000억 개 넘는 은하가 있고, 은하마다 수천억 개의 별과 행성들이 딸려 있다. 지구는 내행성계에 속하는 수성, 금성, 달, 소행성들과 함께 태양 주변을 돈다, 수많은 생명 종들을 품어 안은 지구는 우주의 은하들과 그 은하가 품은 바닷가 모래알보다 많은 별들 중 하나에 속한다. 지구는 식물과 동물들을 품고 이 광막한 바다에서 작고 창백한 점으로 떠 있는 것이다.

이 별은 소리로 가득차 있는데, 온갖 산 것들이 움직이며 내는 크고 작은 기척 말고도 바다는 파도로 들썩이고, 태풍과 해일과 지진이 일어나고, 번개가 치고 우레가 울며 화산이 폭발한다. 거리에서 울려대는 자동차들의 경적, 집 안에서 갓난아기가 울어대는 소리, 프라이팬에서 생선이 끓는 기름에 튀겨지는 소리, 세탁기가 돌아가며 빨래를 쳐대는 소리들이 어우러진다. 지구는 이런 소리들이 섞여 불협화음 속에 감싸여 있다고 말해도 좋으리라.

이 거대한 화음을 이루는 소음조차 외행성계 바깥에서 들으면 마치 지구가 내쉬는 한숨 소리로밖에 들리지 않을 테다.

나는 이 별에 와서 불을 다루고 말로 소통하는 인류의 일원으로 살았다. 더러는 불가능한 것들을 갈망하고, 여러 인연들을 만나 사랑과 이별을 거듭하면서 예순 해를 살았다. 봄에는 종달새가 공중에서 우짖는 소리를 듣고, 여름에는 검은 구름에서 번개가 치면서 음산하게 울려오는 우렛소리를 들었다. 검은 구름이 쏟아내는 빗줄기가 단단하고 오래된 바위와 파초 잎을 두드리며 떨어지는 소리에 귀를 기울였다. 봄에는 물 댄 논에서 개구리가 울고, 여름에는 나무에 달라붙은 매미가 맹렬하게 울어댔다. 봄과 여름을 각각 예순 번씩 겪고 흘려보내면서 아주 불행한 것만은 아니어서 절반의 불행, 그리고 아주 행복한 것만도 아니어서 절반의 행복은 내 것이었다.

북반구에 속하는 한반도에 겨울이 닥치면 북풍이 거세진다. 바람은 언 호수 표면에 쌓인 눈들을 하얗게 날린다. 바람은 호수 근처 버드나무의 빈 가지들을 붙잡고 웅웅대며 울어대고, 더러는 허공에서 회오리를 치며 하늘로 올라간다. 거친 북풍이 내는 낮고 깊은 신음 소리는 음산하다. 북풍이 스산하게 불고 하천과 호수의 물들이 얼어붙을 때 산 것들은 굴과 처소에서 잔뜩 몸을 웅크린 채 꼼짝도 하지 않는다. 매섭게 파고드는 추위에 생명의 위협을 느끼면서 겨울이 지나가기만을 기다리는 것이다.

이미 반세기 전이다. 겨울의 북풍은 산등성이에 지은 집의 루핑 지붕을 요란스럽게 두드리며 지나갔다. 산동네에 세워진 집은 겨울이면 웃풍이 세서 몹시 추웠다. 윗목에 떠다놓은 물그릇의 물이 꽝꽝 얼 정도였으니 이불 밖으로 내놓은 이마와 콧등이 어는 듯 시렸다. 소년은 루핑 지붕을 두드리고 가는 바람 소리에 귀를 기울이다가 잠의 안락함 속으로 까무룩 빠져들곤 했다. 그 북풍에는 벼랑 끝에 올라서서 외롭게 울부짖는 늑대 울음소리가 섞여 있었다. 지금도 북풍에 실려 들려오던 짐승의 울부짖음이 늑대 울음소리였다고 확신한다. 그때 서울 안의 깊은 산에는 분명히 늑대가 살았을 것이다. 어쩌면 들개 무리 중 한 놈의 울음소리였는지도 모른다.

벌목꾼들은 산의 나무들을 베어내고, 개발업자들은 산을 밀어낸 뒤 그 자리에 집을 지었다. 그사이 살 터전을 잃어버린 늑대들이 사라졌다. 인간들이 제 종족의 안전과 번영을 위한다는 구실로, 평안과 무탈함을 지켜내려는 단단하고 그릇된 의지로 야생을 깔아뭉개고 동물들의 터전을 토벌해버린 것이다. 그 희생양 중 하나가 늑대다. 늑대는 인간의 알량한 안전과 가축을 지키기 위한 공격적 방어 전략으로 마구 소탕되면서 자연에서 자취를 감추고 사라졌다. 늑대가 사라진 산은 더이상 산이 아니다. 늑대의 멸종과 함께 산도 죽었다. 서울을 둘러싼 산들은 들개와 들고양이, 천적이 없는 멧돼지들의 천지로 변했다.

1977년 지구를 떠난 우주탐사선 보이저 1호는 2012년 8월 25일자로 태양계를 벗어나 목성, 토성, 천왕성, 해왕성이 궤도를 따라 돌고 더 먼 우주를 항해중이다. 보이저 1호가 태양의 영향력이 거의 없는 외행성계 너머로 들어선 중에도 지구에서는 생명들이 나고 죽었으며, 계절은 어김없이 순환하고 있었다. 그러나 많은 지역에서 늑대가 멸종되어 늑대의 울부짖음이 없는 겨울의 바람 소리는 그저 스산할 뿐이다. 내가 늑대를 특별히 더 좋아한다고 말할 수는 없다. 멜빈 버지스는 『최후의 늑대』에서 영국에서 사라진 '늑대의 최후'를 이렇게 묘사한다. "그레이컵은 이제 동족의 흔적이라곤 하나도 남아 있지 않은 땅 위를 낮게 몸을 숙이고 달렸다. 꽃가루가 흩날리고 온몸이 노란 꽃가루로 뒤덮였다. 그레이컵은 밭 건너편의 나무숲으로 들어섰다. 그레이컵은 모르고 있었지만, 자신의 종족들이 목숨을 빼앗겼던 그 숲으로." 늑대가 사라진 것은 약탈당한 자연의 고갈, 더 나아가 불길한 인류 멸망의 전조前兆다. 늑대가 사라지듯이 그 흔하던 꿀벌이 조만간 사라지고, 꿀벌이 멸종하면 식물들은 꿀벌의 조력을 받지 못한 채 더는 열매를

맺지 못할지도 모른다. 먼 미래에는 늑대가 사라졌듯이 인류 종족
도 이 지구에서 사라질지 모를 일이다.

　늑대의 사라짐은 그 불길한 순차적인 생물 종들에게 닥치는 멸
종 시나리오의 한 단계다. 나는 북풍 속에서 가느다랗게 섞인 늑
대의 울부짖음을 다시 듣고 싶다. 과연 야생 늑대가 우리의 숲으
로 살아 돌아온다는 것은 가망 없는 소망일까? 나는 늑대를 기다
린다. 보이저호와 같은 우주탐사선을 외행성계 바깥까지 보내는
인류의 능력으로 늑대의 종을 복원하는 일쯤을 거뜬히 해낼 수 있
지 않을까? 다시 새로운 겨울이 돌아오고 천지간에 음의 기운이
부풀면서 북풍이 거세게 일어난다. 한해살이 초본식물들이 시들
어버린 대지 위에 북풍과 초빙과 폭설, 어둠이 긴 밤들이 닥친다.
그러나 북풍을 견디고 나면 새로운 봄도 멀지 않으리.

해바라기에
대하여

"인간은 누구나 사물, 타인, 체험의 마지막 증인이다.
사물과 타인과 체험은 이 최후의 증인과 함께
거부할 수 없이 사라진다."

뤼디거 자프란스키
(Rüdiger Safranski, 1945~)

우리 연애는 해바라기와 같았습니다. 해바라기는 아름답지도, 귀하지도 않은 차라리 소박한 꽃이지요. 나는 해바라기보다는 모란과 작약, 버드나무와 자작나무를 더 좋아합니다. 해바라기는 직선으로 길쭉하게 뻗은 줄기 끝에 둥근 꽃 한 송이만 덩그러니 맺은 채 고개를 숙이고 있는 꽃이지요. 해바라기는 가을이 끝나면서 아무 보람도 없이 덧없이 시드는데요, 가을은 가을로서 깊어가고, 해바라기는 해바라기로서 시듭니다. 이 일년생 초본식물은 둥근 꽃판을 감싸고 노란 꽃잎들이 빙 둘러싼 형상인데, 꽃판에는 까만 씨앗들이 꽉 들어찹니다. 끝나고 보니 우리 연애는 아무것도 남기지 않았군요. 이 덧없음을 더듬어보다가 문득, 상처, 그렇지요, 가슴 저 깊은 곳에 추억과 상처들이 남았음을 깨닫습니다.

한때 내 마음의 금을 맑은 소리로 울게 하고, 설레게 하던 당신은 지금은 멀리 있습니다. 이 늦가을 시드는 해바라기나 바라보며 나는 당신을 생각합니다. 바람 소리가 나면 그게 당신이 내는 기척인 듯 그쪽으로 고개를 돌리고 귀를 기울입니다. 우리는 우연히 미립자로 만들어진 사람. 우리는 아무 이유 없이 태어나 살다가 죽습니다. 우리는 살고 싶어서 태어난 게 아니라 그저 우연히 생명을 받고 태어나고, 청년의 시기를 지난 뒤 늙고 쇠잔해져서 이윽고 생명의 빛을 꺼트리고 우연히 죽음을 맞는 것이지요. 우연은 우연으로써 견고하고, 우연은 우연으로써만 빛납니다. 우리 생은 우연으로써 꽃을 피우고 열매를 맺습니다.

　어떤 우연들은 우연을 거쳐서 필연이 되기도 합니다만, 확실한 것은 우연이 우리 실패의 원인은 아니라는 겁니다. 연애를 끌어가는 것은 마음의 갈망과 설렘, 덧없는 열정들입니다. 그것들은 어느덧 시들어버리고, 시든 것은 이내 누추해집니다. 그러니 연애를 감싸던 그 빛나던 빛들은 사그러들고 우리 안에 겨우 남은 미지근한 열정들로 관성적인 연애를 이어갈 뿐이지요. 우리 연애는 해바라기가 시들듯이 그렇게 시들고 말았습니다. 무엇이 이것들을 시들게 하는 걸까요? 바로 시간입니다. 시간은 모든 피어난 것들을 무자비하게 짓밟고 지나갑니다. 시간에 짓밟힌 것들은 시들고 마는데, 이 시듦을 멈출 수 있는 것은 아무것도 없어요. 이 시듦 앞에서 내가 할 수 있는 것은 구역질입니다. 나는 속에 있는 거북한 것들을 토해낼 듯 구역질을 합니다만 결국 아무것도 토해내지 못합니다.

　해바라기는 해만을 바라보기 하는 꽃이라고 합니다. 해는 공중에 떠 있고, 해바라기는 땅에 뿌리박혀 있습니다. 둘은 멀리 떨어져 있는데, 죽을 때까지 먼 대상을 품고 사랑하는 꽃이라니요! 그 이루어질 수 없는 순정이 안타깝기도 하고 슬프기도 합니다. 나는 함형수라는 시인의 「해바라기의 비명碑銘—청년 화가 L을 위하여」라는 시를 좋아합니다. '청년 화가 L'이 누군지도 모르고, 시인이 왜 이 시를 썼는지는 모릅니다만 이 시를 좋아해요.

> 나의 무덤 앞에는 그 차가운 빗碑돌은 세우지 말라.
> 나의 무덤 주위에는 그 노오란 해바라기를 심어 달라.
> 그리고 해바라기의 긴 줄거리 사이로 끝없는 보리밭을 보여 달라.
> 노오란 해바라기는 늘 태양같이 태양같이 하던 화려한 나의 사랑이라고 생각하라.
> 푸른 보리밭 사이로 하늘을 쏘는 노고지리가 있거든 아직도 날아오르는 나의 꿈이라고 생각하라.
>
> 함형수, 「해바라기의 비명碑銘—청년 화가 L을 위하여」

스물두 살 청년 시인이 쓴 이 시는 참 비장하군요. 시인은 제 무덤 주변에 노란 해바라기를 심어달라는 소망을 유언으로 남기고 있습니다. 해바라기를 좋아했을까요? 아마 해바라기 꽃보다는 태양을 그리워하고 해바라기와 같은 자신의 "화려한 사랑"을 누군가에게 말하고 싶었을지도 모릅니다. 한창 젊었으니 시인에게도 꿈과 동경이 있었겠지요. "푸른 보리밭 사이로 하늘을 쏘는 노고지리"는 그런 은밀한 속내를 엿보게 합니다. 시인은 그걸 "아직도 날아오르는 나의 꿈이라고 생각하라"고 말하지 않습니까? 시인은 함경북도 경성에서 태어나고, 고향에서 중고등학교 과정을 마친 뒤 서울로 올라와 중앙불교전문학교에 입학한 것을 계기로 서정주와 김동리 등과 교유를 했습니다. 서정주 등과 '시인부락' 동인으로 활동하다가 가난에 눌려 학교를 중퇴하고 만주로 건너가 초등학교 교사 자격증을 취득해 교사로 일했어요. 해방 뒤 고향으로 돌아와 정신착란증을 앓다가 죽은 비운의 시인으로 알려져 있습니다.

또 한번의 가을이 지나가고 있습니다. 가을은 번성하다가 그 자리에서 자진自盡합니다. 나는 이 비극에 작은 힘도 보탠 바가 없습니다. 내가 손을 놓고 있는 사이 계절은 제멋대로 번성하다가 함부로 쇠잔해집니다. 나는 영농후계자가 아니니까 들판이나 텃밭에서 작물들을 수확하지도 않았습니다. 고작해야 도라지꽃이 피었다 지는 텃밭 가장자리에서 멋없이 서서 시들고 바스러지는 해바라기를 무심히 바라본 게 전부예요. 해바라기는 씨앗을 채취한 뒤 그 줄기와 꽃들은 함부로 버려지고 맙니다. 해바라기를 포함한 일년생 초본식물들은 씨앗과 열매만을 남긴 채 시들고 무너져 내립니다. 지금 가을의 죽음과 멸망은 전면적입니다. 우리는 동지에 가까워지면서 강력한 음의 기운과 더불어 조락과 쇠락의 신호를 감지하겠지요. 해바라기와 같던 연애는 끝나고, 사랑은 죽었습

니다. 이제 어둠이 깊은 긴 밤들, 날카롭고 창백한 하현달, 공중에
음산한 소리를 내며 북풍이 몰려오겠지요. 나는 몇 차례 된서리
내린 뒤 이내 땅 위의 얕고 깊은 물이 얼 것을 예감합니다.

프로이트 씨와
흡연에 대하여

———————

"흡연은 시를 짓는 것에 비유할 수 있다.
영감이라는 뜨거운 공기를 들이마시면,
종이 위를 수놓은 글들은 소리 없이 아우성치며
대기 중에서 타오르고,
욕망의 소용돌이를 내뿜고, 몸짓을 하며
서정적인 대화를 머리 위에서 연기로 조절한다."

리처드 클라인
(Richrd Klein, 1941~)

철없는 청소년 시절에 피운 담배. 몇 모금. 우리는 담배에 불을 붙이고 연기를 허파로 들이켜고, 극소량의 니코틴이 피에 녹아들 때 새긴 운명의 가혹함과 만난다. 사람만큼 모순과 불가해성과 수수께끼를 안고 사는 동물은 없다. 이 모순과 터무니없는 수수께끼 같은 측면이 가장 극적으로 드러내는 행위가 흡연이다. 다들 건강을 원한다면서도 몸에 해로운 흡연 습관을 떨치지 못하는 이늘이 의외로 많다. 74억 인구 중 담배의 생산, 가공, 유통, 판매, 홍보 등등 담배 산업에 연관된 일을 하는 이들이 5억 명에 이른다는데, 담배 산업이 이토록 비대해진 것은 흡연자가 많다는 증거일 테다. 나는 평생 담배를 단 한 번도 피워본 적 없는 비흡연자다. 흡연 욕구를 갖거나, 담배가 없어 전전긍긍한 적도 없다. 세상 사람이 다 담배를 피워도 나는 담배를 피우지 않을 테다. 담배란 내 인생에서 아무 쓸모도 없는 잉여에 지나지 않는다.

담배를 피우는 사람을 관찰해본 적이 있는가? 흡연자들은 담배를 피울 때 초탈하거나 혹은 무심히 주어진 환희를 만끽하며 황홀경에 든다. 흡연은 집중하지 않고 방심 속에서 누리는 쾌락이다. 타오르는 담배를 입술로 손가락 사이에 낀 채 가져가는 흡연자들은 연기를 빨아들여 깊이 흡입한다. 몸안으로 들어오지 못한 연기는 입과 코를 통해 바깥으로 나온다. 아주 노련한 흡연자들은 밖으로 내뿜는 담배 연기로 도넛 형상이나 하얀 꽃다발을 만들 수 있다. 몸에 흡입된 연기가 기도를 거쳐 폐 안을 채울 때 니코틴 액이 피에 천천히 녹아 스며든다. 그사이 내면의 불안과 슬픔의 축축함이 보송보송 말라버리는데, 이때 흡연자는 누구의 조력도 없이 충만한 지복과 평화를 누린다. 흡연의 쾌락은 최소의 투자로 얻는 것이어서 더욱 달콤하다.

　담배 연기를 질색하지만 리처드 클라인의 『담배는 숭고하다』라는 책이 나왔을 때 이 책에 열광했다. 이 책을 여러 번에 걸쳐 읽으며, 담배의 유혹과 마력만이 아니라 흡연에 숨은 문화적인 의미를 숙고하고, 인간 본질에 대한 사유를 넓힐 수 있었다. 흡연이란 종이에 만 연초 잎사귀를 태워 없앨 때 나오는 연기를 흡입하는 행위이고, 그 과정에서 얻는 쾌락을 누리는 영장류의 관습이다. 리처드 클라인은 흡연이 얼마나 매력적인가에 대해 이렇게 쓴다. "흡연은 시를 짓는 것에 비유할 수 있다. 영감이라는 뜨거운 공기를 들이마시면, 종이 위를 수놓은 글들은 소리 없이 아우성치며 대기 중에서 타오르고, 욕망의 소용돌이를 내뿜고, 몸짓을 하며 서정적인 대화를 머리 위에서 연기로 조절한다." 흡연자는 직관적으로 담배가 무미한 시간을 견디게 만드는 벗이고, 권태와 허전함에 대한 위로라는 걸 파악한다. 담배는 쾌락 원칙의 이상 아래에 있는 기호품이다. 그것을 태우는 일은 외골수적인 욕망의 잔인함과 고집스러움의 끝에서 불타 사라지는 쾌락을 좇는 행위이다. 흡연에서 얻는 쾌락은 날카롭고 부드러운데, 이것은 다른 것으로는 대체되지 않는다. "담배는 가장 오만하고, 가장 매력 있는, 그리고 가장 자극적이고, 가장 사랑스러우면서 세련된 정부情婦이며, 또한 자기 자신 이외의 어떤 것도 용납되지 않으며 그 어떤 것과도 타협하지 않는다. 그것은 도박이나 독서처럼 절대적이고 배타적이며 격렬한 열정을 불어넣는다." 오, 담배가 자극적이고 사랑스러운 정부라니!

흡연이 삶의 또다른 방식이라고 생각하는 사람들이 있다. 정신분석학자 지그문트 프로이트 씨가 바로 그런 사람이다. 그는 애연가로 명성이 높았는데, 침대에서 눈을 뜨는 아침부터 시가를 물고, 그걸 다 태우면 새로 시가를 찾아 입에 물었다. 잠자리에 들 때까지 시가를 입에서 뗀 적이 없었던 애연가 프로이트 씨는 1923년 구강에서 종양이 발견되어 수술을 한 뒤 무려 서른세 번이나 수술을 받았다. 그와 친한 의사들이 "프로이트 씨, 담배를 당장 끊으세요!"라고 말했지만 그는 꿈쩍도 하지 않았다. 프로이트 씨가 금연을 전혀 시도하지 않은 것은 아니다. 1930년 5월 1일에 "지난 엿새 동안 한 개비의 시가도 피우지 않았다. 건강을 위해 행복을 포기한 것인데 참으로 애석하고 슬프다"라는 기록을 보면 금연을 하려고 애썼음을 알 수 있다. 그러나 얼마 지나지 않아 다시 시가를 입에 물었다. 주변의 만류에도 시가를 피운 것은 흡연이 자기 기분을 스스로 결정하는 주인이 될 수 있다는 점 때문이다. 그는 제 삶에 대한 주인 노릇을 그만두고 싶지 않았을뿐더러 담배 없는 삶의 무미함을 견딜 수 없었다. 또한 흡연의 쾌락이 너무나 강렬한 것이어서 흡연이 죽음에 이르게 할 것임을 알면서도 그만둘 수 없었다. 담배를 끊음으로써 괴로움에 내쳐지기보다는 차라리 제 의지와 선택으로 지루한 오후 시간을 견뎌내고 죽음에 대한 통제권을 거머쥐기를 원했던 것이다.

청소년들이 흡연에 입문하는 계기는 친구들과 섞이고 어울리기 위해서일 테다. 청소년들은 '담배를 피우지 마라!'라는 금기에 도전하면서 성인 세계에 들어섰다는 우쭐함과 더불어 끈끈한 우정을 나눈다. 흡연자에게 담배는 항상 기호품 이상이다. 흡연은 쾌락과 위안의 지고지순함, 더러는 범죄의 어두운 측면, 더러는 가벼운 사교의 시작을 알리는 표상 행위이다. 처음 만나는 흡연자들은 "담배나 한 대 피울까요?"라고 말문을 떼며 사교의 장으로 들어선다. 이 덧없고 지독하며 불행한 습관이 어느덧 고착되면서 흡연자의 인생행로를 걷는다. 당연한 얘기지만 흡연자에겐 흡연자의 인생이, 비흡연자에겐 비흡연자의 인생이 있다. 담배를 피우는 것은 커피를 마시거나 책을 읽거나 하는 일과는 본질적으로 다르다. 담배 끝이 발갛게 타오를 때 흡연자의 입술에 물린 담배가 줄어드는 만큼 흡연자의 목숨도 단 몇 분씩이라도 줄어든다. 이렇듯 흡연은 목숨을 담보로 한 쾌락 중독이다. 흡연자는 흡연이라는 아무 유용한 생산이 없는 덧없는 쾌락에 제 인생을 던져 투신하는 것이다.

가여운 프로이트 씨는 자신이 정신분석학 연구에서 거둔 성과의 반은 담배의 몫이라고 고백했다. 흡연의 효과 중 하나는 몰입인데, 그 몰입 때문에 제 연구가 열매를 맺을 수 있었다는 고백이다. 결국 프로이트 씨는 흡연으로 말미암아 구강암에 걸려 죽었다. 담배는 평생 우정을 나눈 벗이자 영감의 원천, 그리고 그의 생명을 단축하고 죽음으로 몰아간 악마의 기호품이었다. 평생 시가를 입에 물고 살았던 애연가 프로이트 씨는 인간 내면에 '타나토스'라고 부르는 죽음 충동이 있다고 말했다. 그는 "죽음의 충동이 어떤 억제도 받지 않은 채 내적으로 준동하고 있다는 것은 누구도 부인할 수 없는 사실이다"라고 썼다. 그는 꿋꿋하게 시가를 입에 물고 살았다. 죽음마저도 불사하는 흡연에의 욕망이라니! 담배를 피울 수 있는 어두운 인생과 담배가 없는 화사한 인생 둘 중 하나를 선택할 경우, 프로이트 씨는 기꺼이 전자를 선택할 것이다.

건널목에
대하여

———

"낯선 개 한 마리가 당신을 따라 산을 오르기 시작한다.
그러다 갑자기 왔던 길로 되돌아간다.
우리가 더이상 녀석에게 흥미롭지 않은 모양이다."

로제 그르니에
(Roger Grenier, 1919~)

천체망원경을 갖고 별들을 관찰하고 싶다. 올겨울에는 반드시 주황색 양말을 신고 싶다. 어디서든지 자전거를 잘 타는 사람이 되고 싶다. 종일 지치도록 수영을 하고 싶다. 앵무새 한 쌍과 고양이 두 마리를 키우고 싶다. 토요일 오후에는 핀란드 헬싱키의 벼룩시장에 가보고 싶다. 날씨가 화창한 주말에는 도시 근교의 동물원에 가서 호랑이와 기린을 보고 싶다.

그리스어를 익혀 『그리스인 조르바』를 원서로 읽고 싶다. 한 주에 두 끼는 팥죽으로 식사를 대신하고 싶다. 일요일마다 벌거벗은 채 긴 의자에 누워 일광욕을 할 수 있는 정원을 갖고 싶다. 봄날 오후에 정원에서 말라르메 시집을 읽고 싶다. 지중해의 크레타 섬에서 딱 두 계절만 보낸 뒤 돌아오고 싶다. 옛날에 살던 동네, 혜화동이나 성북동에서 다시 살아보고 싶다.

열아홉 살로 돌아간다면 짝사랑하던 여자에게 내 사랑을 고백하고 싶다. 가을에는 무료급식소에서 줄을 서 있다가 밥을 얻어먹고 싶다. 눈먼 돈이 생기면 만사를 제치고 북극의 오로라를 보러 여행 가방을 꾸리고 싶다. 아무것도 갖지 않은 채 평생 후드 점퍼를 입은 여행자로 살고 싶다. 라마단 기간에는 이스탄불에서 이슬람 벗들을 따라 금식을 하고 싶다. 제주도에서 작은 서점을 꾸리

며 만년晚年의 시간을 지내고 싶다. 죽을 때 사랑하는 이들이 지켜
보는 가운데 집에서 임종을 맞고 싶다.

종달새 우는 봄에 관한 명랑한 산문 한 편을 쓰고 싶다. 언젠가
우정에 관한 심오하면서도 근사한 책을 쓰고 싶다. 모란과 작약
으로 가득한 정원을 가꾸고 싶다. 언제라도 흥금을 털어놓고 평생
우정을 나눌 만한 친구 한 명이 있으면 좋겠다. 내가 정말 되고 싶
었던 것은 식물학자, 산책자, 정원사다. 꿈 가운데 아흔아홉 개를
이루고 열한 개는 끝내 못 이룬 지금 내 삶에 만족한다.

나는 오후 느지막이 신호등이 있는 건널목 앞에 멈춰 서 있다.
지금은 빨간불. 나는 신호등이 파란불로 바뀌어 점멸할 때까지 이
앞에 서 있다. 그 찰나 머릿속으로 여러 생각들이 파노라마를 이
루며 흘러간다. 기특한 생각도 있고, 허황하거나 터무니없는 생각
도 더러 섞여 있다. 내가 깨달은 것은 건널목이 생각하기에 좋은
장소라는 점이다. 건널목은 아주 짧게 번성하다 이 세상의 모든
건널목들은 사라지는 '생각 정원'들이다.

나답게
살기에
대하여

———————

"음악과 음식은 과객을 멈추게 하지만
도에서 나온 말은 담담하여 맛이 없고, 보려 해도 보이지 않으며,
들으려 해도 들리지 않으며, 써도 다하지 못한다."

노자
(老子. BC 6세기경 중국 제자백가 가운데 하나인 도가道家의 창시자)

스무 살 때는 어떻게 살아야 하는가가 삶의 큰 화두였다. 부모 유산도 없고, 체력이나 재능도 보잘것없고, 좋은 학벌이 있는 것도 아니었다. 현실이란 거대한 벽에 부딪혀 암중모색하고 근근이 용돈을 벌며 시립도서관에 처박혀 책을 읽었다. 소설책과 시집과 철학책들을 닥치는 대로 읽으며, 어떻게 살아야 하는지, 그 길을 찾으려고 했다. 책들은 길을 보여주기보다는 혼미 그 자체다. 책 속에서 길을 찾을 수가 없었다. 모든 책이 다 스승인데, 그 스승들은 딱히 내가 원하는 걸 가르쳐주지는 않았다. 그 시절 내게 가장 큰 영감을 준 것은 철학자 니체다. 『차라투스트라는 이렇게 말했다』를 읽으며 끓어오르는 기쁨과 흥분을 감출 수 없었다. 남을 흉내내며 살기보다는 자기의 척도를 갖고 살 것. 항상 웃고 노래하며 춤추는 사람으로 살 것. 니체의 철학은 그런 뜻을 전하는 듯싶었다.

사람들은 생김새도 다르고, 기질, 취향, 개성도 다르지만 제각각 사는 모양은 엇비슷하게 닮았다. 이 말은 결국 저마다 생긴대로 살지 못한다는 뜻이 아닐까? 학령기를 맞아 초등학교에 입학해 문자를 깨우치고, 중고등학교 시절을 거쳐 다들 수능시험을 보고 대학을 간다. 대학 나온 뒤 직장을 구하고 결혼하고 살아간다. 그게 우리 사회가 허용하는 일반적인 틀이다. 사람은 이 큰 틀 안에서 밥을 먹고 잠을 자면서 사회활동을 하며 살지만 자세히 들여다보면 먹고 자는 방식이 다르고, 직업이 다르며, 사는 꼴들이 다르다. 그러나 '나답게' 산다고 말하는 사람은 드물다.

왜 사람들은 자기답게 살지 못할까? 그것은 '자기'를 제대로 알지 못한 채 살기 때문이 아닐까. 자기를 모르는데 어떻게 자기답게 살 수 있겠는가. 보통 사람은 세속의 방식을 따라 살아간다. 남이 하는 대로 풍속과 유행을 따르며 살아간다. 남들이 남쪽에 집을 지으면 남쪽에 집을 짓고, 남들이 북쪽에 땅을 사면 다투어 북쪽에 땅을 사둔다. 남쪽에 집을 짓지도 않고, 북쪽에 땅을 사지도 않는 사람만이 "자기에게로 이르는 길"을 찾으려고 애쓴다. 동양의 철학자 노자는 자기를 아는 것이야말로 지혜롭다고 했다. '나'라고 부르는 존재는 누구일까? '자기'라고도 하고, '자아'라고 하는 것. '나'는 무엇보다도 '하나'다. 그 하나는 만물의 시작점이요 사물의 궁극점이다. 이 하나가 없으면 만물은 뜻을 잃어 사라지고 자취를 감춘다. 이 하나는 본성이요, 정신이고, 그득찬 도道다. 노자는 도가 질박하고 이름도 없고 작은 것이라 하였다. 그런 뜻에서 '나'는 작고 질박한 존재로서의 도다. 이 하나가 우주의 중심점인 '자기'를 이루는 실체다.

마흔을 넘긴 뒤 또 한번 인생의 고비를 만났다. 서울 살림을 접고 아무 연고도 없는 시골로 내려갔다. 무작정 시골로 내려왔으나 생계 대책이 없었으니 살 날들은 암울하고 혼미했다. 그저 새벽에 정원의 나무들에 날아와 노래하는 새들만이 위안이 되었다. 먹고 사는 것은 해결되었으나 그 어둠을 어떻게 헤치고 앞으로 나아가야 할지 알 수가 없었다. 나는 노자의 『도덕경』과 『장자』를 꾸역구역 읽었다. 아마 족히 100번 이상씩은 읽었을 것이다.

노자는 '도'와 '덕'을 강조한다. 노자가 말하는 '도'를 이해하는 일은 쉽지 않다. 그것은 보이지도 들리지도 않으며, 형체가 없다. 도는 잡힐 듯 잡히지 않는 그 무엇이다. "음악과 음식은 과객을 멈추게 하지만 도에서 나온 말은 담담하여 맛이 없고, 보려 해도 보이지 않으며, 들으려 해도 들리지 않으며, 써도 다하지 못한다." (『도덕경』 35장) 노자는 도법자연道法自然을 강조하는데, 자연을 따르는 것이 도라고 한다. 욕심을 비우고, 이름이 없고 형체도 없는 도를 따른다. 해가 뜨면 일어나 수족을 부지런히 놀리고, 배가 고프면 밥을 먹고, 해가 지면 잠자리에 든다. 그게 만물의 도다. 그 도를 따라 담담하게 살면 부족함이 없다. 애써 무리에 휩쓸리는 것을 삼가고, 입에 들어갈 밥을 내 방식으로 벌고, 자연의 이치에서 벗어나지 않는 한에서 하고 싶은 일을 하며 살아간다.

내 나이 어느덧 이순耳順을 훌쩍 넘겼다. 이만큼 살아보니, 스스로의 깊은 무지에 대한 자각과 더불어 어렴풋하나마 노자가 말하는 도를 알 듯도 싶다. 노자는 밝은 도는 어두운 듯하고, 앞으로 나아가는 도는 물러나는 듯하다고 했다. 평평한 도는 어그러진 듯하고, 훌륭한 덕은 속된 것 같다고 한 말에 나는 고개를 끄덕이며 긍정한다. 또한 아주 희면 때묻은 것 같고, 큰 덕은 부족한 것 같다고 했는데, 내가 살면서 느끼고 생각한 것과 딱 들어맞는다. 나는 굳이 해서 안 되는 것을 하려고 하지 않는다. 삶에서 정말 중요한 것은 남같이 출세하고 떵떵거리며 사는 게 아니라 나답게 사는 것이다. 나답게 사는 것이야말로 자기에게 맞는 옷을 입은 듯 자연스럽다. 자신이 만든 도구에 속박되어 도구의 도구로 살지 않고 제 삶의 주인으로 살아가는 게 중요하다.

국화와 석류의
계절에
대하여

———

"알갱이들의 과잉에 못 이겨 반쯤 벌어진 단단한 석류들아,
마치 제 발견들로 겨워 파열된 고매한 이마를 보는 것 같구나.
오, 반쯤 입 벌린 석류들아."

폴 발레리
(Paul Valéry, 1871~1945)

폭염 지나간 천지에 서늘한 기운이 가없이 펼쳐진다. 가을 들어 하늘은 높고 푸르다. 하늘에 널린 흰구름은 햇솜 같다. 나는 바쁠 게 없으니 한강변으로 산책을 나가는데, 햇빛은 열기를 잃어 미적 지근하고, 날은 짧아져서 일찍 해가 떨어진다. 새 홑청을 씌운 이불을 덮고 잠들 때 이불 속 포근한 아침잠이 달콤한 것도 이맘때다. 한 해 중 낮이 가장 짧고 밤이 가장 긴 동지에는 음의 기운은 극에 달한다. 활엽 나무들에 단풍이 들어 만산홍엽滿山紅葉으로 천지개벽할 무렵, 새벽 기운은 차고 세숫물은 손 넣기를 꺼릴 정도로 시리니, 낙목한천落木寒天의 계절이 왔음을 실감한다. 이 가을에 좋은 벗들과 더불어 안복을 누리고 싶은 게 두 가지인데, 국화와 석류가 그것이다.

  가을에 가장 잘 어울리는 꽃이 국화다. 본디 국화는 흰색, 노란색, 보라색 꽃인데, 이로 말미암아 심심하지 않고 섭섭지 않다. 국화는 수수하고 담담하다. 서리 내리고 찬바람 부는 가운데 의연히 피어나는 국화를 관상觀賞할 때 마음에 기쁨이 일어난다. 조선의 학자 홍유손은 국화를 일러 "늦가을에 피어 된서리와 찬바람을 이기고 온갖 화훼 위에 우뚝한 것은 빠르지 않기 때문"이라고 썼다. 국화는 이른봄에 싹이 돋고 초여름에 무성하게 자라나 늦가을에 꽃망울을 맺고 서리 내릴 무렵 꽃을 만개하니, 조숙早熟하기보다 대기만성하는 꽃이다. 99세에 이를 만큼 장수를 누린 홍유손은 늦가을의 국화를 두고 "천지의 기운을 모아 흩어지지 않게 하고 억지로 정기를 강하게 조장하지 않으면서 세월이 흐름에 따라 자연스럽게 성취"했다고 썼다. 과욕이나 과속이 빚는 인생의 참담한 결과에 대해 국화를 빌려 에둘러 경고하는 듯싶다. 이즈막 총명한 머리를 이용해 출세해서 권세와 부귀공명을 저 혼자 거머쥐려고 수상한 짬짜미를 하고 과욕을 부리다가 몰락한 자들의 말로를 보며 국화의 자연스러운 늦됨에서 더 소중한 가치를 깨닫는다.

어린 날 시골집 뒤뜰에 석류나무 한 주가 서 있었다. 석류 열매는 무르익으면 껍질이 빠개져서 붉은 알갱이 보석들을 속속들이 보여준다. 시골의 밋밋하고 무미한 생활 속에서 석류는 아연 이국적 화사함으로 빛난다. 어린 영혼은 제 무르익음을 견디지 못해 껍질을 찢는 석류의 파열에서 얼마나 자주 몽상에 빠지고, 단단한 과피果皮의 벌어진 틈으로 홍보석처럼 탐스럽게 붉은 알갱이들이 쏟아질 듯 엉긴 것을 보며 얼마나 경탄했던가! 어른이 되어 폴 발레리의 시집을 읽다가 「석류들」을 발견하고 반가웠다. "알갱이들의 과잉에 못 이겨/ 반쯤 벌어진 단단한 석류들아,/ 마치 제 발견들로 겨워 파열된/ 고매한 이마를 보는 것같구나.// 오, 반쯤 입 벌린 석류들아,/ 자긍심에 과로한 너희가/ 태양을 견디다못해/ 홍옥의 격막을 찢어,// 껍질의 건조한 금빛이/ 어떤 힘에 부응해/

과즙의 붉은 보석으로 터질 때,/ 이 빛나는 파열은/ 꿈꾸게 한다,/ 내 지난날 영혼의/ 은밀한 건축술을."(폴 발레리, 「석류들」) 석류는 과잉에 못 이겨 단단한 이마가 파열한다. 고매한 이마가 반쯤 벌어지며 붉은 보석들로 이루어진 제 속내를 세계에 드러내는 것인데, 시인들은 석류의 이 빛나는 파열에서 '영혼의 은밀한 건축술'을 엿보는 것이다.

　국화가 피고, 석류가 익는 계절이면 나는 이상하리만치 낙관적인 사람으로 돌변한다. 일들이 내 뜻대로 흘러가지 않는다고 낙담할 것도 없다. 세 라비, 그게 인생인 것을! 몸 누일 집이 있고, 해야 할 일이 있으며, 주린 배 채울 양식이 있고, 시간에 쫓기지 않고 한가로우니, 이것만으로도 충분하지 않은가! 버리고 비우면 기운 자국이 있는 옷을 입어도 삶은 부끄럽지 않고 살 만하다. 가진 것보다 없는 게 더 많지만 어차피 하루 세끼 먹는 거나 잠잘 때 작은 침상 하나로 족한 것은 부자나 가난한 자가 똑같다. 사람들은 제가 가진 것조차 다 누리지 못하면서 남이 가진 것을 갈망하고 부러워한다. 어리석은 행태다. 산 자는 모자라고 부족한 대로 살아가게 되어 있다. 정직한 방식으로 밥을 번다면 남 앞에 비굴할 것도 없고, 끼니 거를 정도가 아니라면 애면글면할 것도 없는 것이다.

작별 인사에
대하여

———

"계절이 지나가는 하늘에는 가을로 가득차 있습니다.
나는 아무 걱정도 없이 가을 속의 별들을 다 헤일 듯합니다."

윤동주
(1917~1945)

천하에 가을이 왔습니다. 햇빛은 들과 내에 골고루 비치고, 하늘은 더이상 넓어질 수 없을 만큼 광활하게 펼쳐졌네요. 호박은 누렇게 잘 익어 마른 풀숲에 반쯤 숨어 있고, 벌들은 가을의 꽃들 위에서 잉잉거릴 때, 연못에는 단풍잎 몇 잎이 떨어져 떠 있습니다. 향기로운 가을의 꽃들과 상쾌한 하늘. 그리고 추분 지난 뒤로는 일찍 밤이 찾아오죠. "계절이 지나가는 하늘에는/ 가을로 가득차 있습니다.// 나는 아무 걱정도 없이/ 가을 속의 별들을 다 헤일 듯합니다."(윤동주, 「별 헤는 밤」) 밤하늘의 별들은 우리 가슴에 뜬 별입니다. 보고 싶은 것들은 너무 멀리 있고, 가슴에 뜬 별들은 아주 가느다란 그리움에도 서러운 깃발처럼 마구 펄럭이겠지요. 이 가을은 태초 이래 처음 오는 가을입니다. 그러니 가을날은 이별하기에 얼마나 좋은 날일까요.

작별 인사는 짧을수록 좋겠지요. 안녕, 그것만으로 충분합니다. 벽지에서 보낸 며칠, 노란 모과 몇 알, 옛 시인의 절구絶句, 가을밤 한가운데를 뚫고 달리는 기차, 호수에 뜬 달, 늙은 매화나무 가지의 흰 꽃들, 검은 물소의 슬픔. 안녕, 이 짧은 말 속에는 이 모든 것들이 숨어 있지만요, 헤어지는 순간 이마저도 생략해도 괜찮겠지요. 이별이라는 이상한 열매를 깨물 때 이 세상에서 가장 슬픈 목소리로 부르는 노래가 있다면 좋겠지요. 빌리 홀리데이가 부른 노래. 당신은 내 옆에 있던 사람. 내 곁에 당신이 없다는 것은 이상한 일입니다. 아무리 생각해도 쉬이 받아들여지지 않습니다. 내 오른쪽은 영원히 당신의 왼쪽일 거라고 믿고 있었으니까요.

산국 흐드러진 어느 산모롱이에서 멀어져가는 당신 허리께를 바라보다가 돌아섭니다. 당신이 입은 분홍 스웨터 단추 하나가 떨어진 게 마음에 걸리긴 했지만, 그게 이별을 늦출 이유는 되지 않겠지요. 통영에서 보낸 어느 해 여름. 그때, 참 좋았지요. 태풍이 오고, 바다가 폐쇄됐습니다. 시장통의 작은 건어물 가게들 간판이 날아가고, 동피랑 언덕 집들의 지붕이 뒤집혀 날아갔어요. 태풍이 지나간 거리는 참담했습니다. 가로수가 뿌리 뽑힌 채 도로에 드러눕고, 파도는 하얗게 울부짖었어요. 우리는 태풍이 지나갈 때까지 숙소에 갇혀 꼼짝도 못하고 여행중 읽으려고 가져간 책 몇 권을 되풀이해서 읽었습니다. 새벽에 깨어나 앉아 작은 등을 켜고 책을 읽던 당신 모습은 충분히 아름다웠습니다. 그때 나는 여생을 당신을 위해 살겠다고 야무진 다짐을 했는데, 이제 그 약속을 지킬 수 없게 되어버렸지요. 그렇지만 당신에게 미안하다는 말은 않겠어요.

우리는 서로 다른 방식으로 존재하겠지요. 당신의 아침은 어느덧 나의 저녁이 되겠지요. 아니, 내 아침이 당신의 저녁이 되겠지요. 당신이 아침에 들른 식당을 나는 저녁에 들르겠지요. 그렇게 서로 엇갈리겠지요. 우리는 다시는 언제 어디서 무엇을 먹을까 이마를 마주대고 상의하는 일이 없을 테니까요. 헤어진다는 건 그런 겁니다. 아무리 슬퍼도 나는 혼자 제주항에서 국밥 한 그릇을 먹고 우도에 건너가지는 않겠어요. 우린 함께 제주도에 간 적이 없습니다. 당신과 제주도에 가려고 했습니다만 그 꿈을 이루지는 못했어요. 나는 당신과 함께 비자림을 둘러보고 우도에 들어가서 며칠 묵고 난 뒤, 다시 제주도의 오름을 오르고 싶었어요. 제주도에 가기 전 파국을 맞고 말았으니, 더는 제주도에 가지 않겠다고 혼자 마음을 먹는 것이지요.

잘 살아요, 당신. 우리가 함께한 시간 동안 나쁜 기억과 좋은 기억들이 있었지만, 그런대로 좋은 인연이었어요. 꽃게철에는 서해안에서 꽃게를 먹고 돌아오고, 목포로 삼합을 먹으러 달려가기도 했지요. 지리산 골짜기 다원의 방에서 며칠 머물며 원고를 쓸 때 당신은 평화롭게 내 곁을 지켰지요. 우리가 늘 사이가 좋았던 건 아닙니다. 더러는 사소한 이유로 부딪치며 맹렬하게 싸웠습니다. 한번은 우리가 음식점에서 만취해 컵이며 집기들을 집어던지며 패악을 부리는데 주인의 신고로 지구대 경찰이 달려왔었지요. 주인에게 굽실거리며 사과를 하고 파손된 물건을 배상한 뒤 경찰서에서 조서까지 쓰고 나서야 사건은 마무리되었습니다. 그런 사고는 평생 처음 있었습니다.

올해도 이른봄 지리산 산수유꽃들은 피어날 테고, 여의도 윤중로 벚꽃들은 눈부시게 흐드러졌다가 분분한 낙화를 하겠지요. 우리가 꽃이 만개한 벚나무 아래를 지나갈 때, 당신의 까만 머리와 어깨에 눈송이처럼 점점이 내려앉은 하얀 꽃잎들. 가을에는 순천만의 갈대들이 저문 빛 속에서 사각거리겠지요. 연인들이 헤어졌다고 오던 계절이 안 오거나 흐르던 시간이 멈추는 경우는 없어요. 부디 잘 살아요, 당신. 울 일이 있을 때 조금만 덜 울고, 웃을 일이 있을 땐 조금 더 크게 웃어주세요. 당신은 웃는 모습이 예쁘니까요. 나는 날마다 청송 사과 하나씩을 깨물어 먹고, 만 보씩을 걸으며, 어떻게 살아야 세상에 작게나마 보탬이 되는 사람이 되는가를 궁구하며 살겠어요.

잘 있어요, 당신.

이 책에 나오는 책들

『새들은 황혼 속에 집을 짓는다』, 장석주, 나남
『날씨의 맛』, 알랭 코르뱅 외 공저, 길혜연 역, 책세상
『서정주 시전집』, 서정주, 민음사
『도덕경』, 노자, 오강남 엮음, 현암사
『글쓰는 여자의 공간』, 타니아 슐리, 남기철 역, 이봄
『결혼 · 여름』, 알베르 카뮈, 김화영 역, 책세상
『출퇴근의 역사』, 이언 게이틀리, 박중서 역, 책세상
『지루하고도 유쾌한 시간의 철학』, 뤼디거 자프란스키, 김희상 역, 은행나무
『우리 모두는 시간의 여행자이다』, 크리스티안 생제르, 홍은주 역, 다른세상
『섬』, 장 그르니에, 김화영 역, 민음사
『참을 수 없는 존재의 가벼움』, 밀란 쿤데라, 이재룡 역, 민음사
『금 따는 콩밭』, 김유정
『작가의 공간』, 에릭 메이젤, 노지양 역, 심플라이프
『하루키 스타일』, 진희정, 중앙북스
『낮의 목욕탕과 술』, 구스미 마사유키, 양억관 역, 지식여행
『당신의 시간을 위한 철학』, 로버트 그루딘, 오은숙 역, 경당
『천천히, 스미는 : 영미 작가들이 펼치는 산문의 향연』, 제임스 에이지 외 공저,
강경이 역, 봄날의책
『앨리스 B. 토클라스 자서전』, 거트루드 스타인, 권경희 역, 연암서가
『1973년의 핀볼』, 무라카미 하루키, 윤성원 역, 문학사상사
『바람의 노래를 들어라』, 무라카미 하루키, 윤성원 역, 문학사상사
『부에노스 아이레스의 열기』, 호르헤 루이스 보르헤스, 우석균 역, 민음사
『갈망에 대하여』, 수잔 스튜어트, 박경선 역, 산처럼
『호모 루덴스』, 요한 하위징아, 이종인 역, 연암서가

『타임 푸어』, 브리짓 슐트, 안진이 역, 더퀘스트

『시간의 향기』, 한병철, 김태환 역, 문학과지성사

『말하라 기억이여』, 블라디미르 나보코프, 오정미 역, 플래닛

『새를 쏘러 숲에 들다』, 윤택수, 디오네

『철학, 기쁨을 길들이다』, 프레데릭 르누아르, 이세진 역, 와이즈베리

『생활의 사상』, 서동욱, 민음사

『월든』, 헨리 데이비드 소로, 강주헌 역, 현대문학

『야생의 삶』, 게리 스나이더, 이상화 역, 동쪽나라

『청춘의 문장들』, 김연수, 마음산책

『픽션들』, 호르헤 루이스 보르헤스, 송병선 역, 민음사

『책으로 천년을 사는 방법』, 움베르토 에코, 김운찬 역, 열린책들

『느리게 걷는 즐거움』, 다비드 르 브르통, 문신원 역, 북라이프

『모란이 피기까지는』, 김영랑

『풍경과 상처』, 김훈, 문학동네

『이방인』, 알베르 카뮈, 김화영 역, 민음사

『다음 번 화재』, 제임스 볼드윈

『풍경에 대하여』, 프랑수아 줄리앙, 김설아 역, 아모르문디

『모든 사람은 혼자다』, 시몬 드 보부아르, 박정자 역, 꾸리에

『지구의 속삭임』, 칼 세이건, 김명남 역, 사이언스북스

『최후의 늑대』, 멜빈 버지스, 유시주 역, 푸른나무

『담배는 숭고하다』, 리처드 클라인, 허창수 역, 페이퍼로드

『발레리 선집』, 폴 발레리

『하늘과 바람과 별과 시』, 윤동주

『해바라기의 비명』, 함형수, 문학과비평사

가만히 혼자
웃고 싶은 오후

1판 1쇄 발행 2017년 4월 5일
1판 13쇄 발행 2023년 1월 5일

지은이 장석주

책임편집 이희숙 **편집** 변규미 **모니터링** 이희연
디자인 엄자영 **제작** 강신은 김동욱 임현식
마케팅 황승현 김유나 **홍보** 함유지 함근아 김희숙 고보미 박민재 박진희 정승민

펴낸이 이병률
펴낸곳 달 출판사
출판등록 2009년 5월 26일 제406-2009-000034호

주소 10881 경기도 파주시 회동길 455-3
✉ dal@munhak.com
🐦f◎ dalpublishers
전화번호 031-8071-8683(편집) 031-8071-8671(마케팅)
팩스 031-8071-8672

ISBN 979-11-5816-057-9 03810